# Bianca

D1564324

Miranda Lee
Trayecto hacia el deseo

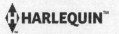
HARLEQUIN

Editado por HARLEQUIN IBÉRICA, S.A.
Núñez de Balboa, 56
28001 Madrid

© 2014 Miranda Lee
© 2015 Harlequin Ibérica, S.A.
Trayecto hacia el deseo, n.º 2376 - 25.3.15
Título original: Taken Over by the Billionaire
Publicada originalmente por Mills & Boon®, Ltd., Londres.

I.S.B.N.: 978-84-687-5538-0
Depósito legal: M-36447-2014
Editor responsable: Luis Pugni
Impresión en CPI (Barcelona)
Fecha impresion para Argentina: 21.9.15
Distribuidor exclusivo para España: LOGISTA
Distribuidor para México: CODIPLYRSA
Distribuidores para Argentina: Interior, DGP, S.A. Alvarado 2118.
Cap. Fed./Buenos Aires y Gran Buenos Aires, VACCARO HNOS.

# Capítulo 1

LA LEY de Murphy dice que, si algo puede salir mal, entonces acabará saliendo mal. A pesar de que Jess se apellidaba Murphy, no estaba de acuerdo con aquella teoría. Su padre era un firme creyente. Joe tenía una empresa de alquiler de coches, y cuando ocurría algo frustrante o molesto, como que se le pinchara una rueda cuando iba a llevar a una novia a su boda, entonces le echaba la culpa a la ley de Murphy. Era un hombre supersticioso por naturaleza.

A diferencia de su padre, Jess tenía una visión más racional de los sucesos desafortunados. Las cosas no sucedían por algún perverso giro del destino, sino por algo que alguien hubiera hecho o dejado de hacer. Siempre había una razón lógica.

Jess no culpaba a la ley de Murphy del hecho de que su novio hubiera decidido el mes anterior que ya no quería recorrer Australia en coche con ella, y hubiera optado por viajar por el mundo con una mochila durante todo el año con un amigo. No le importó que ella se hubiera endeudado para comprar un cuatro por cuatro nuevo para su romántico viaje juntos. Ni que hubiera empezado a pensar que era el hombre de su vida. Cuando se calmó lo suficiente para enfrentarse a ello, se dio cuenta de que a Colin le había picado el gusanillo de los viajes y no estaba preparado para sentar la cabeza todavía. Pero le había dicho que la amaba y le había pedido que le esperara.

Por supuesto, Jess le dijo dónde podía meterse aquella idea.

Tampoco podía culpar a la ley de Murphy por haber perdido recientemente su trabajo a tiempo parcial en una tienda de moda. Sabía perfectamente por qué la habían despedido. Una empresa americana había comprado la cadena Fab Fashions por un precio irrisorio y había amenazado a todos los directores de las tiendas con cerrarlas si no obtenían beneficios a finales de año. Y, por consiguiente, también tenían que reducir personal.

Lo cierto era que Hellen no quería que se marchara. Jess era una vendedora excelente. Pero era ella o Lily, una madre soltera que necesitaba de verdad el trabajo, no como Jess. Ella tenía un trabajo a tiempo completo durante la semana en la empresa de alquiler de coches Murphy. Solo había aceptado aquel trabajo de fin de semana en Fab Fashions porque le encantaba la moda y quería aprender todo lo posible sobre el negocio con la idea de abrir algún día su propia tienda. Así que, dadas las circunstancias, no podía permitir que Helen echara a la pobre Lily.

Pero eso no había evitado que se lamentara durante días por la codicia de la empresa americana. Por no mencionar su estupidez. ¿Por qué no había averiguado el idiota que habían enviado la razón por la que Fab Fashions no obtenía beneficios? Ella podría habérselo dicho. Pero para eso hacía falta inteligencia. Y tiempo.

Antes de marcharse el fin de semana anterior, le había preguntado a Hellen si conocía el nombre de aquel idiota, y le dijo que se llamaba Benjamin De Silva. Buscó un poco en Internet aquella mañana y encontró un artículo en el que se decía que De Silva y Asociados, una empresa con sede en Nueva York, se había apoderado de varias empresas australianas, incluida Fab

Fashions. Al meterse en su página, Jess descubrió que el mayor accionista de la empresa era Morgan De Silva, un hombre de sesenta y cinco años que había estado muchas veces en la lista Forbes de los hombres más ricos del mundo. Lo que significaba que era multimillonario. Estaba divorciado y tenía un hijo, Benjamin De Silva, el idiota al que había enviado. Un caso claro de nepotismo en el trabajo, teniendo en cuenta su falta de inteligencia.

Sonó el teléfono de la oficina y Jess lo descolgó.

–Alquiler de coches Murphy –contestó tratando de contener la irritación.

–Hola. Tengo un problema que espero pueda ayudarme a resolver.

Era una voz masculina con acento americano. Jess hizo un esfuerzo por dejar de lado la animadversión que sentía en aquel momento hacia todos los hombres americanos.

–Haré todo lo posible, señor –dijo con la mayor educación que pudo.

–Necesito alquilar un coche con conductor durante tres días. Empezaría mañana a primera hora.

Jess alzó las cejas. Los clientes no solían alquilar coches con conductor durante tanto tiempo. Normalmente, se trataba de eventos de un solo día: bodas, graduaciones, trayectos al aeropuerto y cosas así. Estaban situados en la Costa Central, un par de horas al norte de Sídney, y no eran una empresa muy grande. Solo tenían siete coches de alquiler, incluidas dos limusinas blancas para bodas y otro tipo de eventos, dos Mercedes blancos y una limusina negra con cristales tintados para gente con dinero que buscara intimidad. Su padre había comprado hacía poco un Cadillac azul descapotable, pero no estaría disponible para alquilar hasta la semana siguiente porque había que cambiarle la tapicería de los asientos. Jess no tuvo que mirar siquiera las reservas de aquel fin de semana para saber que no podría ayudar al americano. Tenían varias bodas.

–Lo siento, señor, pero este fin de semana lo tenemos todo lleno. Tendrá que intentarlo en otro sitio.

Su suspiro de cansancio despertó la simpatía de Jess.

–Ya lo he intentado en todas las empresas de alquiler de coches de Costa Central –aseguró–. Mire, ¿está segura de que no puede encontrar algo? No necesito una limusina ni nada elegante. Me sirve cualquier coche y cualquier conductor. Tengo que estar el sábado en Mudgee para una boda, por no mencionar la despedida de soltero de mañana por la noche. El novio es mi mejor amigo y yo soy el padrino. Pero un conductor borracho me arrolló anoche, me destrozó el coche de alquiler y me dejó incapacitado para conducir. Tengo el hombro derecho lesionado.

–Eso es terrible –Jess odiaba a los conductores que bebían–. Ojalá pudiera ayudarle, señor –y era cierto.

–Estoy dispuesto a pagar por encima de la tarifa normal –aseguró el hombre justo cuando ella estaba a punto de sugerirle que lo intentara con alguna empresa de Sídney.

–¿De cuánto estamos hablando? –preguntó pensando en las cuantiosas letras que tenía que pagar por su coche nuevo.

–Si me consigue un coche y un conductor, podrá poner el precio que quiera.

«Vaya», pensó Jess. Aquel americano debía de estar forrado. Seguramente, podría permitirse alquilar un vuelo chárter o un helicóptero, pero ella no iba a sugerírselo.

–De acuerdo, señor...

–De Silva –contestó él.

Jess se quedó boquiabierta.

–Benjamin De Silva –especificó.

Jess siguió con la boca abierta mientras pensaba en lo increíble que resultaba aquella coincidencia.

–¿Sigue usted ahí? –preguntó finalmente él tras veinte segundos de silencio.

–Sí, sí, aquí estoy. Lo siento, yo... estaba distraída. El gato se ha subido al teclado y he perdido un archivo –lo cierto era que el gato familiar estaba dormido a diez metros del escritorio de Jess.

–¿Tiene un gato en la oficina?

Parecía escandalizado. Sin duda, no se permitirían gatos en la pomposa oficina del señor De Silva.

–Este es un negocio familiar, señor De Silva –aseguró con cierta tirantez.

–Entiendo. Lo siento, no era mi intención ofenderla. Entonces, ¿puede ayudarme o no?

Bueno, por supuesto que podía. Y ya no era una cuestión de dinero. ¿Cómo iba a desaprovechar la oportunidad de explicarle al todopoderoso señor Benjamin De Silva cuál era el problema de Fab Fashions?

Y, seguramente, tendría varias oportunidades de sacar a colación durante el largo trayecto que iban a hacer juntos el trabajo que había perdido. Mudgee estaba muy lejos. Jess nunca había estado allí, pero lo había visto en el mapa cuando Colin y ella planeaban su viaje. Era una ciudad de provincias situada en la parte central de Nueva Gales del Sur, a unas cinco o seis horas en coche de allí, tal vez más, según el estado de las carreteras y el número de veces que quisiera parar el cliente.

–Le puedo llevar yo misma si usted quiere –se ofreció–. Tengo más de veintiún años y soy mecánica cualificada –solo ayudaba en la oficina lunes y jueves–. También tengo un cuatro por cuatro nuevecito con el que podré circular sin problemas por la carretera hasta Mudgee.

–Estoy impresionado. Y extremadamente agradecido.

–¿Y dónde está ahora exactamente, señor De Silva? Supongo que en algún lugar de Costa Central, ¿verdad?

–Estoy en un apartamento en Blue Bay –le dio la dirección.

Jess frunció el ceño mientras tecleaba en el ordenador, preguntándose por qué un hombre de negocios como él se quedaría allí en lugar de en Sídney. Le resultaba extraño.

–¿Y la dirección de Mudgee donde voy a llevarle? –le preguntó.

–No es en el mismo Mudgee –replicó él–. Es una finca llamada Valleyview Minery, no muy lejos de allí. No es difícil de encontrar. Está en una carretera principal que une la autopista con Mudgee. Cuando me deje, puede quedarse en un motel de la ciudad hasta que tenga que volver a traerme el domingo. Todo a mi cargo, por supuesto.

–Entonces, ¿no va a necesitar que lo lleve a ningún lado el sábado?

–No, pero le pagaré el día de todos modos.

–Esto va a resultar ridículamente caro, señor De Silva.

–Eso no me preocupa. Ponga el precio y lo pagaré.

Jess torció el gesto. Debía de ser agradable no tener que preocuparse nunca por el dinero. Se sintió tentada a decir una cantidad exorbitante, pero, por supuesto, no lo hizo. Para su padre sería una gran decepción que hiciera algo así. Joe Murphy era un hombre honesto.

–¿Qué le parece mil dólares al día, gastos aparte? –sugirió el señor De Silva antes de que ella pudiera calcular una tarifa razonable.

–Eso es demasiado –protestó Jess sin pararse a pensar.

–No estoy de acuerdo. Me parece justo, dadas las circunstancias.

–De acuerdo –dijo entonces Jess. ¿Quién era ella para discutir con don Acaudalado?–. Ahora necesito algunos datos.

–¿Como cuáles? –preguntó él con tono algo irritado.

–Su número de móvil y el número del pasaporte.

–De acuerdo. Iré a buscar el pasaporte. No tardo.

Jess sonrió mientras él iba a buscarlo. Tres mil dólares era una suma muy alta.

–Aquí está –dijo Benjamin al regresar. Le dictó el número.

–También vamos a necesitar un nombre y un número de contacto –aseguró ella mientras tecleaba los datos–. En caso de emergencia.

–Dios santo, ¿es estrictamente necesario todo esto?

–Sí, señor –Jess quería asegurarse de que era quien ella creía–. Normas de la empresa.

–De acuerdo. Tendrá que ser mi padre. Mi madre está de crucero. Pero mi padre vive en Nueva York. Se llama Morgan De Silva.

Jess sonrió. Sabía que tenía que ser él. Benjamin le dijo un número y ella lo tecleó.

–¿Quiere pagar con tarjeta de crédito o en efectivo? –le preguntó.

–Con tarjeta –respondió él con tono seco–. Le digo la numeración.

–De acuerdo, ya está todo. Le cargaremos mil dólares por anticipado y el resto al finalizar. ¿A qué hora quiere que le recoja mañana por la mañana, señor De Silva?

–¿A qué hora sugiere usted? Quisiera estar allí a media tarde. Pero primero me gustaría que dejaras de tratarme de usted. Llámame Benjamin. O Ben, si lo prefieres.

–Como quieras –murmuró Jess, algo sorprendida por el comentario. Los australianos solían tutear enseguida, pero sabía que la gente de otros países no era tan suelta. Sobre todo la gente tan rica. Tal vez el señor De Silva no fuera tan pomposo como ella creía–. En cuanto a la hora, yo sugiero recogerte a las siete y cuarto. Así evitaremos lo peor del tráfico.

Jess le escuchó suspirar.

–De acuerdo, a las siete y cuarto –dijo Ben abruptamente–. Estaré esperándote fuera para no perder tiempo.

Jess alzó las cejas. Había tenido que recoger a algunos turistas con dinero en el pasado y no solían actuar así. Siempre la hacían llamar, solían retrasarse y nunca la ayudaban a cargar las maletas.

–Estupendo –afirmó–. No me retrasaré.

–Tal vez deberías darme tu número de móvil por si ocurre algo.

Jess puso los ojos en blanco. Parecía otro seguidor de la ley de Murphy. Pero estaba acostumbrada. Le dictó el número.

–¿Y cuál es tu nombre?

–Jessica. Jessica Murphy –estaba a punto de decirle que podía llamarla Jess, como todo el mundo, pero no fue capaz de mostrarse tan amigable. Después de todo, era su enemigo.

Así que se despidió con frialdad profesional y colgó.

# Capítulo 2

BEN suspiró cuando colgó el teléfono y lo guardó en el bolsillo de los vaqueros. Lo que menos le apetecía era que la señorita Jessica Murphy, mecánica cualificada, le llevara al día siguiente hasta Mudgee, pensó malhumorado mientras se dirigía al mueble bar. Había dicho que tenía más de veintiún años. Seguramente tendría más de cuarenta y sería una sosa.

Pero ¿qué opción tenía? El médico del hospital de Gosford le había declarado incapacitado para conducir durante al menos una semana. No por la excusa que acababa de dar por teléfono. Tenía el hombro magullado y rígido, pero podía usarlo. El problema era la conmoción que había sufrido. El doctor le dijo que ninguna compañía de seguros le cubriría si no le firmaban una autorización médica.

Una estupidez, porque él se sentía bien. Un poco cansado y frustrado, pero bien.

Ben torció el gesto y apuró dos dedos del mejor bourbon de su madre en uno de sus vasos de cristal. Supuso que debería sentirse agradecido y no irritado por haber encontrado un coche de alquiler. Pero la señorita Jessica Murphy le había puesto muy nervioso. La línea que separaba la eficiencia de la intromisión era muy fina, y ella la había traspasado. Casi se arrepentía de haberle dicho que le llamara Ben, pero tenía que hacer algo para estar a buenas con aquella vieja estirada. En caso contrario, el viaje del día siguiente iba a ser de lo más tedioso.

Ojalá su madre estuviera allí, pensó mientras se dirigía a la cocina a por hielo. Ella podría haberle llevado. Pero estaba en un crucero por el Pacífico Sur con su último amante.

Al menos era mayor de lo habitual en ella. Lionel tenía cincuenta y pico años, y solo era un poco más joven que Ava. Y además tenía trabajo, algo relacionado con la producción de una película, lo que también era una gran mejoría respecto a los jóvenes cazafortunas que habían pasado por la cama de su madre durante años, desde que se divorció de su padre.

Pero la vida amorosa de su madre no le importaba demasiado últimamente. Ben había crecido ya lo suficiente como para saber que la vida personal de su madre no era asunto suyo. Lástima que ella no le devolviera el favor, pensó echándose en el vaso unos cubos de hielo del dispensador automático. Siempre le estaba preguntando cuándo iba a casarse y a darle nietos.

Así que tal vez fuera mejor que no estuviera allí ahora. Lo último que deseaba era presión exterior en su relación con Amber. Ya tenía bastantes problemas tratando de decidir si debía renunciar a la noción romántica del amor y el matrimonio y aceptar lo que Amber le ofrecía. Si se casaba con ella, al menos no tendría que preocuparse de que fuera una cazafortunas, algo que siempre suponía un problema para un hombre que iba a heredar miles de millones. Amber era la única hija de un promotor inmobiliario muy rico, así que no necesitaba un marido que la mantuviera.

Lo cierto era que a Ben no le dio la impresión de que Amber necesitara marido. Solo tenía veinticuatro años y disfrutaba claramente de la vida de soltera, de su glamuroso aunque vacío trabajo en una galería de arte, una

activa vida social y un novio que la mantenía sexualmente satisfecha. Pero, justo antes de que Ben viajara
a Australia, Amber le había preguntado si tenía pensado
declararse en algún momento. Dijo que le amaba, pero
que no quería perder más tiempo si él no quería casarse
y tener hijos.

Por supuesto, Ben no fue capaz de decirle que también la amaba porque no era cierto. Le dijo que le gustaba mucho, pero no estaba enamorado. Le sorprendió
que Amber respondiera que le bastaba con eso. Había
dado por supuesto que a una mujer enamorada le parti-
ría el corazón no ser correspondida. Pero, al parecer, estaba equivocado. Le había dado hasta Navidad para
cambiar de opinión. Después de eso, buscaría marido en
otro lugar.

Ben se llevó el bourbon a los labios mientras volvía
al salón y se acercaba a la cristalera que daba a la playa.
Pero no estaba mirando el mar. Estaba recordando que
le había dicho a Amber que pensaría en su oferta mientras estuviera en Australia y le daría una respuesta a la
vuelta.

Y lo había estado pensando. Mucho. Sí quería casarse y tener hijos. Algún día. Pero, qué diablos, solo tenía treinta y un años. Y, además, quería sentir algo más
por su futura mujer que lo que sentía por Amber. Quería
estar completamente enamorado y ser correspondido,
que fuera un amor duradero. El divorcio no entraba en
sus planes. Ben sabía de primera mano el daño que los
divorcios causaban en los niños aunque los padres fueran civilizados, como lo fueron los suyos. Su padre,
adicto al trabajo, le había dado sensatamente la custodia
completa a la madre de Ben, permitiéndole que se lo
llevara a Australia con la promesa de que pasara las vacaciones escolares con él en América.

Pero eso no impidió que Ben se sintiera devastado

al saber que sus padres ya no se querían. Por aquel entonces, solo tenía once años y era completamente ajeno a las circunstancias que provocaban un divorcio. Sus padres nunca se criticaron el uno al otro delante de él. Nunca se culparon del fin de su matrimonio. Los dos se limitaron a decir que a veces la gente se desenamoraba y era mejor separarse.

En un principio, Ben odió irse a vivir a Australia, pero, finalmente, llegó a amar aquel maravilloso y lejano país y la vida que tenía allí. Le encantaba la escuela a la que iba, en la que tenía muchos amigos. Lo que más le gustaron fueron sus años universitarios en Sídney, donde estudiaba Derecho y compartía piso con su mejor amigo, Andy. Su padre no le contó la terrible verdad hasta que se graduó: su madre le había atrapado quedándose embarazada. Nunca le había amado. Solo quería un marido rico. Sí, también admitió que él le había sido infiel, pero solo después de que ella le hubiera confesado la verdad una noche.

Su padre le aseguró a Ben que odiaba hacerle daño con aquellas revelaciones, pero pensaba que era mejor para él saberlo.

—Vas a heredar una gran riqueza, hijo —le había dicho Morgan De Silva en aquel momento—. Necesitas entender el poder corrupto que tiene el dinero. Siempre tienes que estar alerta, especialmente con las mujeres.

Cuando Ben, angustiado, le pidió explicaciones a su madre, ella se puso furiosa con Morgan, pero no negó que se hubiera casado con él por su dinero. Sin embargo, intentó explicarle la razón. Había nacido muy pobre, pero guapa. Tras una infancia difícil, consiguió convertirse en modelo, primero en Australia y luego en el extranjero, hasta que entró a formar parte de una prestigiosa agencia de Nueva York. Ganó bastante dinero durante algunos años, pero, cuando acababa de cumplir los treinta, descubrió que su agente no había invertido sus ahorros como ella creía, sino que se los había gastado en el juego.

De pronto, se vio otra vez al borde de la pobreza, y aunque seguía siendo muy guapa, su carrera ya no era lo que fue. Así que, cuando el multimillonario Morgan De Silva apareció en escena, impresionado por la belleza de aquella rubia australiana, ella se dejó seducir en más de un sentido. Se sentía atraída por él, insistió, pero admitió que no amaba a su padre, y dijo que dudaba también de que su padre la hubiera amado a ella. Solo la deseaba.

–Tu padre solo ama el dinero –le dijo su madre a Ben con cierta amargura.

Ben argumentó entonces que no era cierto. Su padre le quería a él. Y por eso se mudó a América poco después de graduarse en la universidad.

Eso no significó que cortara de raíz con su madre. Había sido una madre maravillosa y la quería a pesar de sus fallos. Hablaban cada semana por teléfono, pero no solía visitarla con frecuencia, fundamentalmente, por falta de tiempo.

Desde que llegó a Estados Unidos vivía a tope. Hizo un curso de posgrado en Económicas en Harvard y luego siguieron unas intensas prácticas en el negocio de las inversiones. Cuando ascendió puestos rápidamente en De Silva y Asociados, hubo algunos comentarios, pero Ben creía que se había ganado el ascenso a un puesto ejecutivo en la empresa de su padre, junto con el sueldo de siete cifras, el coche de lujo y el apartamento también de lujo de Nueva York. También se había ganado una reputación de playboy, tal vez porque las novias no le duraban demasiado. Tras unas semanas, se cansaba irremediablemente. Nunca se había enamorado, y se preguntaba si alguna vez lo haría.

Para Ben era una sorpresa que su relación con Amber durara tanto, ocho meses ya. Seguramente porque la veía poco debido al trabajo. No estaba enamorado de ella, pero era atractiva, divertida y despreocupada, nunca se enfadaba cuando llegaba tarde o cuando tenía que cancelar su cita en el último momento. Nunca se comportaba de forma posesiva, algo que él odiaba.

Tampoco le había dicho ni una sola vez en todos aquellos meses que le amaba, por eso su reciente declaración le había pillado por sorpresa.

Al principio se sintió desconcertado, luego halagado y después tentado por su proposición de matrimonio, seguramente debido a la influencia de su padre.

–Los hombres ricos deberían casarse siempre con chicas ricas –le había dicho en más de una ocasión–. Y los hombres ricos deben casarse con la cabeza, no con el corazón.

Un consejo sensato. Pero inútil. Ben sabía, en el fondo de su corazón, que casarse con una chica a la que no amaba sería conformarse con menos de lo que siempre había querido. Con mucho menos.

Así que su respuesta tenía que ser que no.

Pensó en llamar a Amber y decírselo al instante, pero había algo de cobarde en romper por teléfono. Y peor aún con un mensaje. Amber le había pedido que no la llamara ni le pusiera mensajes mientras estuviera fuera, tal vez con la esperanza de que así la echara de menos.

Sinceramente, había sucedido todo lo contrario. Sin las llamadas y los mensajes, la conexión entre ellos se había roto. Ahora que había tomado finalmente una decisión, Ben no sintió ni un ápice de remordimiento. Solo alivio.

De pronto, le vibró el teléfono en el bolsillo y Ben confió en que no fuera Amber. No lo era, se trataba de su padre. Ben frunció el ceño y se llevó el teléfono al oído. No era propio de Morgan llamarle a menos que se tratara de un asunto de negocios.

–Hola, papá –lo saludó–. ¿Qué ocurre?

–Siento molestarte, hijo, pero esta noche estaba pensando en ti y he decidido llamarte.

Ben no podía estar más sorprendido.

–Qué bien, papá, pero ¿no deberías estar dormido? Allí ya es de noche.

–No es tan tarde. Además, ya sabes que nunca duermo mucho. ¿Qué hora es allí?

–Media tarde.

–¿De qué día?

–Jueves.

–Ah, de acuerdo. Así que dentro de un par de días te pondrás en marcha para asistir a la boda de Andy.

–Lo cierto es que salgo mañana –Ben consideró durante una décima de segundo la posibilidad de contarle a su padre lo del accidente y lo del coche de alquiler, pero decidió no hacerlo. ¿Para qué preocuparle sin necesidad?

–Buen chico, ese Andy.

Su padre había conocido a Andy cuando Ben se lo llevó a América unas vacaciones. Habían ido a esquiar con Morgan y se lo pasaron de maravilla.

–Entonces, ¿cuándo crees que volverás a Nueva York? –preguntó su padre.

–Seguramente, a finales de la semana que viene. Mamá está de crucero y no vuelve hasta el próximo lunes. Me gustaría pasar un día o dos con ella antes de volver a casa.

–Por supuesto. ¿Por qué no te quedas un poco más? Te mereces unas vacaciones. Has estado trabajando mucho.

Ben se quedó mirando la playa y el mar. Lo cierto era que llevaba un par de años sin tomarse más de un fin de semana de descanso. Su madre le había acusado recientemente de haberse convertido en un adicto al trabajo, igual que su padre.

–Tal vez lo haga –dijo–. Gracias, papá.

–Es un placer. Eres un buen chico. Dale recuerdos a tu madre –dijo su padre bruscamente. Luego colgó.

Ben se quedó mirando el teléfono, preguntándose a qué diablos había venido todo aquello.

# Capítulo 3

JESS se alegró de salir de casa a la mañana siguiente antes de que sus padres se levantaran. Su madre había empezado a decir la noche anterior que corría un riesgo al llevar en coche a un desconocido hasta Mudgee.

—Tal vez sea un asesino en serie. No sabes nada de él —había llegado a decirle.

No paró de describir escenarios aterradores hasta que Jess le dijo todo lo que sabía sobre Benjamin De Silva, incluido el hecho de que era hijo de un hombre de negocios americano multimillonario, cuya empresa se había adueñado de varias firmas australianas, entre ellas Fab Fashions.

—No es un asesino en serie, mamá —aseguró con firmeza—. Solo es un hombre con más dinero que sentido común.

Para sorpresa de Jess, su padre, que a veces era muy pesimista, se había puesto de su lado.

—Jess sabe cuidar de sí misma, Ruth —afirmó—. No le pasará nada. Tú llámanos cuando llegues, cariño, para que tu madre se quede tranquila, ¿de acuerdo?

Jess accedió encantada, pero temía que su madre se levantara temprano aquella mañana, así que hizo la bolsa de viaje la noche anterior y se levantó pronto para arreglarse. Dadas las circunstancias, no quería tener un aspecto desaliñado. Ni tampoco quería parecer una chófer. Desechó la idea de llevar el uniforme habitual de pantalón negro y camisa blanca con el emblema de la empresa en el bolsillo del pecho.

Sí se puso pantalones negros, unos ajustados que le destacaban las largas piernas, y los combinó con una camiseta blanca de cuello de pico y una chaqueta de flores que ella misma había hecho. Era una modista excelente, su abuela le había enseñado a coser. Tuvo dudas respecto al maquillaje, y, finalmente, optó por ser discreta. Se puso un poco de brillo de labios y algo de rímel. Su piel clara y algo aceitunada no necesitaba base alguna. Luego se recogió la abundante melena negra en una coleta sujeta con una goma roja a juego con las flores del mismo tono de la chaqueta. Por último, se calzó unos cómodos mocasines negros antes de salir de su casa a las seis y media, veinte minutos antes de tiempo.

El trayecto de Glenning Valley a Blue Bay le llevaría quince minutos como mucho. Seguramente menos a aquellas horas del día. Desayunó algo en una cafetería y luego se dirigió con calma hacia la dirección que le habían dado. Jess conocía bien la zona. Aunque todavía quedaban turistas de fin de semana normales, las propiedades de primera línea de playa costaban un riñón. La mayoría de los edificios antiguos que en el pasado cubrían la costa habían sido derribados, sustituidos por casas de una planta que costaban millones de dólares. Durante la última década, Blue Bay se había convertido en uno de los lugares más lujosos de la costa.

Cuando giró hacia la entrada de la larga calle que llevaba hasta Blue Bay, Jess empezó a ponerse nerviosa. Aunque normalmente era una chica segura de sí misma y franca, de pronto se dio cuenta de que no iba a resultarle fácil sacar el tema de Fab Fashions con el hombre que se había apoderado de la compañía. Seguramente le diría que se ocupara de sus propios asuntos. Tampoco le gustaría que hubiera buscado información sobre él en Internet.

Tal vez debería olvidar la idea de intentar salvar Fab Fashions y limitarse a hacer lo que el señor De Silva le había pedido: llevarle a Mudgee y luego de regreso. También podía esperar a ver qué clase de hombre era, si era de los que escuchaban o no. No le había sonado demasiado mal al teléfono. Tal vez un poco frustrado, algo comprensible teniendo en cuenta que acababa de sufrir un accidente de coche y todos sus planes le habían salido mal. Y le había pedido que le llamara Ben, un gesto amable por su parte. Casi se sentía culpable de no haberle dicho que podía llamarla Jess.

Se preguntó cuántos años tendría. Supuso que unos cuarenta. Si se parecía a su padre, cuya foto había visto en Internet, sería bajo, con entradas y un cuerpo rechoncho debido a la vida sedentaria y a las largas comidas de negocios.

–Oh, Dios mío –suspiró.

No le apetecía nada el día que tenía por delante.

Tras dejar escapar el aire que inconscientemente tenía retenido, comenzó a escudriñar los números de los buzones de correos. Enseguida se dio cuenta de que el número que buscaba estaría a la izquierda y al final de la calle. La verdad, ¿qué esperaba? El hijo de un multimillonario solo se quedaría en el mejor sitio.

El sol acababa de salir cuando se acercó al bloque de apartamentos que buscaba, y que, por supuesto, daban a la playa. Había un hombre sentado en la acera justo en la puerta del edificio. Tenía al lado una maleta negra de ruedas y encima una bolsa de viaje para traje.

Jess trató de no quedarse mirando cuando se detuvo en el bordillo a su lado. Pero le resultó difícil.

No era bajo, ni tenía entradas ni estaba fofo. Diablos, no. Todo lo contrario. Era muy alto y delgado, de hombros anchos y un rostro cincelado como el de los modelos masculinos de anuncios de yates o de loción para después del afeitado. Los pómulos marcados, la nariz recta y fuerte y las mandíbulas cuadradas. Tenía el pelo corto y de un tono rubio claro, la piel ligeramente bronceada y los ojos azules y bonitos. Iba vestido con pantalones gris oscuro, camisa azul de manga larga con el cuello desabrochado y unas gafas de sol en el bolsillo del pecho.

Jess apartó los ojos de él, apagó el motor y salió del coche algo confusa. ¿Quién hubiera imaginado que sería tan guapo? ¿Y tan joven? No debía de tener más de treinta años.

–¿El señor De Silva, supongo? –preguntó deteniéndose en la acera a menos de un metro de él. De cerca era todavía más atractivo.

–Usted no puede ser la señorita Murphy –respondió él con una media sonrisa.

Ella se molestó por el comentario.

–No entiendo por qué no.

Ben sacudió la cabeza y la miró de arriba abajo.

–No es usted lo que esperaba.

–¿Ah, no? –respondió Jess tirante–. ¿Y qué esperaba?

–Alguien de mayor edad y un poco menos... atractiva.

Jess agradeció no ser de las que se sonrojaban. En caso contrario, se habría vuelto roja bajo la mirada admirativa de aquellos preciosos ojos azules.

–Es muy amable por su parte, señor De Silva. Supongo –añadió preguntándose si habría sonado fea y vieja por teléfono.

–Te dije que me llamaras Ben –le recordó él sonriendo y mostrando una dentadura blanca y deslumbrante.

«Dios mío», pensó Jess tratando de no resultar deslumbrada.

Pero no lo consiguió. Se quedó allí mirándole mientras el corazón le latía con fuerza.

–Tal vez deberíamos ponernos en marcha –sugirió él finalmente.

Jess se sacudió mentalmente la cabeza. No era propio de ella quedarse embobada por un hombre, aunque fuera tan impresionante como aquel.

–Sí. Sí, por supuesto –dijo jadeando un poco para su gusto–. ¿Necesitas ayuda con el equipaje? –le pregunto, recordando que le había dicho que tenía el hombro lesionado.

–Me las puedo arreglar –contestó él–. Tú solo ábreme el maletero.

Se las arreglaba muy bien. Abrió la puerta del copiloto sin ninguna ayuda tampoco.

Cuando se subió y se puso el cinturón, Jess ya había recuperado el control de su acelerado corazón. Tenía que dejar de actuar como una adolescente. ¡Tenía veinticinco años, por el amor de Dios!

Sacó las gafas de sol y se las puso.

–¿Te importa que te llame Jessica en lugar de señorita Murphy? –preguntó él antes de que pudiera arrancar siquiera el motor.

Jess dio un respingo. Odiaba que la llamaran Jessica.

–Preferiría que me llamaras Jess –respondió con una sonrisa que le salió sin querer.

–Solo si tú prometes llamarme Ben –insistió él abrochándose el cinturón de seguridad.

Jess tenía la impresión de que la gente no solía decirle que no a Ben De Silva. Su combinación de belleza y encanto resultaba seductora y bastante pecaminosa. Quería complacerle, y eso que ella no era complaciente por naturaleza. Siempre había tenido sus propias opiniones, y las expresaba. Y, sin embargo, de pronto lo único que quería era sonreír, asentir y estar de acuerdo con todo lo que Ben dijera.

–De acuerdo. ¿Preparado, Ben? –preguntó girando la llave para arrancar mientras le miraba de reojo.

Cielos, era guapísimo. Y olía de maravilla.

–En cuanto me ponga esto –respondió él sacando sus propias gafas del bolsillo.

Parecían muy caras. Vaya, ahora tenía aspecto de estrella de cine, una estrella muy sexy. Su modo de reaccionar ante aquel hombre empezaba a molestarla. Lo siguiente que haría sería ponerse a coquetear con él. ¡Ella no era así! Apretó los dientes, miró por el espejo retrovisor, giró para salir y aceleró una vez en la calle. Ninguno de los dos dijo nada durante un par de minutos, y luego fue Ben quien rompió el silencio.

–Quiero darte las gracias otra vez por hacer esto por mí, Jess.

–No tienes que agradecérmelo. Estás pagando por el privilegio.

–Pero supongo que habrás tenido que cambiar tus planes para hacer esto. Seguro que una chica tan atractiva como tú tiene mejores cosas que hacer el fin de semana que trabajar.

–No, la verdad es que no.

–¿No has tenido que cancelar ninguna cita?

–Este fin de semana no.

–Me sorprende. Daba por hecho que tendrías novio.

–Lo tenía –confesó Jess–. Hasta hace poco.

–¿Qué ocurrió?

Ella se encogió de hombros.

–Íbamos a recorrer Australia en coche, por eso me compré este cuatro por cuatro. Pero, en el último momento, él decidió que no quería hacerlo y se fue a recorrer el mundo con un amigo y una mochila.

Jess observó de reojo la expresión asombrada de Ben.

–¿No te pidió que fueras con él? –preguntó.

–No. Pero me pidió que le esperara.

–Espero que le dijeras que no.

Jess se rio al recordar su airada reacción.

–Le dije algo más que no.

–Bien por ti.

–Tal vez. Colin dijo que era muy mal hablada.

–¿En serio? Me resulta difícil de creer.

¿Se estaba burlando de ella? Pero, entonces, pensó que solo estaba tratando de sacar conversación, y eso era mejor que estar allí sentados sin decir nada hasta llegar a Mudgee.

–También me dijo que soy mandona y controladora.

–¡No!

Sí se estaba burlando de ella. Pero de un modo cariñoso. Jess suspiró.

–Supongo que soy un poco controladora. Pero es que me gustan las cosas bien hechas y organizadas.

–Yo también soy bastante perfeccionista –reconoció Ben–. Ah, ahí está Westfield. Ya no estamos lejos de la autopista.

Jess frunció el ceño.

–¿Por qué conoces Westfield? Pensé que esta era tu primera visita a Australia.

–En absoluto –afirmó él–. He pasado mucho tiempo aquí. Bueno, en Nueva Gales del Sur. Verás, mis padres están divorciados. Ya sabes que mi padre es americano, pero mi madre es australiana. Es la dueña del apartamento de Blue Bay. Estuve interno en Sídney, y allí conocí a Andy... el que se va a casar.

–¡Vaya! –exclamó Jess–. No tenía ni idea.

–Bueno, ¿por qué ibas a tenerla? –Ben parecía desconcertado.

Jess contuvo un gemido. Iba contra sus principios no

ser sincera con la gente. Pero su intención había sido buena. Con suerte, Ben no se enfadaría demasiado si le contaba la verdad. No quería pasarse todo el camino hasta Mudgee cuidando lo que decía y lo que dejaba de decir. Y sí, seguramente todavía mantenía la esperanza de hablar del futuro de Fab Fashions con él. Parecía muy cercano y mucho más inteligente de lo que pensaba. Pero eso no facilitaba su confesión.

–Bueno, esto es muy incómodo. Supongo que tengo que decírtelo y ya. Solo... solo espero que no te enfades demasiado.

# Capítulo 4

**B**EN no tenía ni idea de qué estaba hablando.

–¿Decirme qué?

–Bueno, Ben, lo cierto es que... –comenzó a decir torciendo el gesto–. Espero que lo entiendas.

–¿Entender qué? –la urgió al ver que no seguía.

–¿Te importa esperar a que estemos en la autopista? –Jess giró a la derecha hacia la rampa que les llevaba hacia la autopista dirección norte–. Tengo que confesarte algo.

–Adelante –dijo él con impaciencia.

–El caso es que... cuando ayer me dijiste por teléfono que te llamabas Benjamin De Silva ya sabía quién eras.

Ben trató de asimilar lo que Jess estaba diciendo pero no lo consiguió.

–¿Qué quieres decir?

–Quiero decir que sabía que trabajas para De Silva y Asociados y que eres el hijo de Morgan De Silva.

Ben no podía estar más sorprendido.

–¿Y cómo lo sabías? –preguntó más confuso que enfadado–. No pensé que mi padre fuera tan conocido en Australia. Mantiene un perfil público muy bajo. Igual que yo.

Jess exhaló un suspiro profundo.

–Tal vez lo entiendas mejor si te digo que trabajaba a tiempo parcial en una tienda de Fab Fashions en Westfield hasta el fin de semana pasado, cuando la encargada tuvo que despedirme.

–Ah –dijo Ben viendo algo de luz. Aunque para él era un misterio saber qué hacía Jess trabajando a tiempo parcial en una tienda de moda. Le había dicho que era mecánica, ¿no?

Estaba claro que era una chica llena de sorpresas, en más de un sentido. Ben estuvo a punto de caerse de espaldas cuando la vio aparecer. No se parecía en nada a la matrona de mediana edad que había imaginado. No solo era joven, no tendría más de veinticinco años, sino que, además, era muy atractiva. Normalmente prefería a las rubias, pero Jess le resultaba deliciosa con aquellos labios carnosos, los ojos brillantes y sus estupendas piernas. También tenía una personalidad muy interesante. Aquel novio había sido un imbécil al dejarla ir.

–Sí, bueno –continuó Jess con tono inocente–. Le pregunté a Helen, la encargada, cuál era el problema y me habló de la empresa americana que se había apoderado de Fab Fashions y que amenazaba con cerrar si no conseguía beneficios antes de final de año. Estaba tan enfadada que averigüé tu nombre y te busqué en Internet. Aunque no encontré mucho sobre ti –se apresuró a añadir–. Había sobre todo cosas de tu padre y de la empresa que fundó. En cualquier caso, cuando ayer llamó un tipo americano y me dijo que se llamaba Benjamin De Silva, estuve a punto de caerme de la silla.

Ben no lo dudaba.

–Entonces, ¿por qué demonios has accedido a llevarme en coche? –le preguntó–. Podrías haberme dicho que me muriera.

–Dios mío, no. ¿Qué sentido habría tenido eso? Mira, lo cierto es que se me ocurrió la absurda idea de que podría sacar el tema de Fab Fashions en algún momento de camino a Mudgee. Supuse que te sorprendería la coincidencia de que hubiera trabajado para ellos, pero que no sospecharías nada. Entonces te contaría mi idea para que

Fab Fashions diera más beneficios. Sé que suena muy arrogante por mi parte, pero conozco la moda. Es mi pasión de toda la vida. También he hecho un curso de diseño online y me hago mi propia ropa.

–Entiendo –dijo Ben muy despacio.

Se dio cuenta de que Jess hablaba en serio, pero, seguramente, no había manera de salvar Fab Fashions. La venta al por menor estaba en crisis en todo el mundo. Solo les había dejado hasta finales de año porque no quería hacer el papel de ogro. Su padre quería cerrar la empresa al momento, solo la había comprado porque venía en el paquete con otras compañías que contaban con mejores perspectivas.

Pero Ben no iba a contarle aquello a Jess. Al menos por el momento.

–Entonces, ¿por qué parecías tan sorprendida cuando nos hemos visto esta mañana? –le preguntó tratando de hacerse una composición de lugar.

Ella frunció el ceño.

–Te has quedado mirándome fijamente, Jess –continuó Ben al ver que ella no decía nada.

–Sí... sí, ¿verdad? –parecía un poco azorada–. El caso es que había una foto de tu padre en Internet y... bueno, no te pareces mucho a él.

Ben tuvo que sonreír. Jess no tenía ni pizca de tacto. O tal vez lo que no tenía era doblez. Sí, eso era. Jess no era mentirosa por naturaleza. Era abierta y sincera. Deseó de pronto poder hacer algo por Fab Fashions solo para complacerla.

–No –reconoció–. Me parezco a mi madre.

–Debe de ser muy guapa.

Ben contuvo a duras penas otra sonrisa. Dios, era encantadora. Y completamente ingenua en su sinceridad. No estaba tratando de halagarle ni de coquetear con él. Y eso suponía todo un cambio. Hacía años que Ben no conocía a una chica que no intentara hacer alguna de las dos cosas con él.

—Mi madre era guapísima cuando mi padre se casó con ella —aseguró—. Lo sigue siendo a pesar de haber superado ya los sesenta. En su momento fue una modelo bastante famosa. Pero eso terminó cuando se casó con mi padre. Tras el divorcio, regresó a Sídney y montó una agencia de modelos. También le fue muy bien. La vendió por un dineral hace un par de años. Pero tal vez ya sabías todo esto gracias a Internet, ¿no?

—Cielos, no. La única información personal que leí es que tu padre está divorciado y tiene un hijo, Benjamin. Era un artículo empresarial. No mencionaba a tu madre.

Ben supuso que aquello era cosa de su padre. Era un hombre poderoso y todavía guardaba resentimiento por lo del divorcio. No solía hablar de su exmujer, y por eso las palabras de despedida que le dijo la noche anterior al teléfono le resultaron extremadamente sorprendentes.

«Dale recuerdos a tu madre».

Era muy extraño.

—Siento mucho haber indagado en tu vida de ese modo, Ben —dijo Jess de pronto. Tal vez había interpretado su silencio pensativo como enfado—. En cuanto te conocí supe que no tendría que haberlo hecho. Pero no era mi intención causar ningún daño. De verdad.

—No pasa nada, Jess —la tranquilizó él—. No estoy molesto. Estaba pensando en Fab Fashions —se inventó—. Me preguntaba si podríamos hacer algo al respecto. Juntos.

—Oh —murmuró ella sonriéndole.

Y aquella sonrisa le iluminó la cara de un modo que iba más allá de la belleza.

Aquella sonrisa era una fuerza de la naturaleza. Ben sintió que se le clavaba en el alma.

«Oh...oh. Esto no es lo que necesitas en este momento», pensó.

Y luego se dijo... ¿por qué no? Había terminado con Amber. ¿Qué le impedía explorar aquella atracción un poco más?

Estuvo a punto de echarse a reír. Porque aquello no era solamente una atracción. Era deseo, una sensación que no le resultaba ajena. Aunque esta vez era más fuerte. Mucho más fuerte.

Imposible de ignorar.

Aunque no debería empecinarse demasiado. Pronto volvería a América. Lo único que le convendría sería una aventura corta.

Le remordió un poco la conciencia. Jess no le parecía una chica de aventuras cortas. Aunque tal vez estuviera equivocado. Tal vez estuviera dispuesta a seguirle el juego. Después de todo, era hijo de un multimillonario, ¿verdad? Aquello le hacía superatractivo para las mujeres. Y, además, Jess ya le había dicho que le encontraba guapo.

−¿De verdad escucharás lo que tengo que decir sobre Fab Fashions? −le preguntó ella con ansia.

−Sería una tontería no hacerlo −replicó él, ya que eso le daría una excusa viable para pasar más tiempo con ella mientras estuviera en Australia−. Está claro que eres una chica lista, Jess.

−No soy tan lista −aseguró ella con deliciosa modestia.

−No me lo creo.

−Mira, hay varios tipos de inteligencia. La escuela no se me daba bien. Pero siempre he sido buena con las manos.

Ben lamentó que hubiera dicho aquello. Deslizó la mirada hacia sus manos, que estaban agarradas al volante. Diablos, quería que aquellas manos lo agarraran a él. Lo acariciaran, lo sedujeran mientras le hacía cosas deliciosas con la boca. Aquellos pensamientos le provocaron un torrente de sangre en las venas y le causaron una erección instantánea y bastante dolorosa.

Ben apretó los dientes y trató de recuperar el control de su excitado cuerpo. No era un hombre al que le gustara perder el control, ni siquiera sexualmente. Le gustaba mandar en la cama, o donde hubiera escogido tener relaciones sexuales. Disfrutaba teniendo el control de la situación, lo que significaba que tenía que controlarse él primero, algo que había practicado y perfeccionado a lo largo de los años.

–¿Por eso te convertiste en mecánica? –le preguntó, satisfecho al darse cuenta de que sonaba normal a pesar de que su cuerpo continuaba desafiándole.

Jess se encogió de hombros, mostrando una sorprendente indiferencia ante su elección profesional.

–Mi padre tenía un taller mecánico antes de montar el negocio de alquiler de coches. No aquí, en Sídney. El caso es que todos mis hermanos se hicieron mecánicos y yo seguí sus pasos.

–Entonces, ¿cuándo os mudasteis a Costa Central?

–Hace unos años –respondió ella–. Acababa de terminar mis prácticas. Me acuerdo de que celebré mi veintiún cumpleaños aquí, así que debía de tener diecinueve o veinte. No estoy segura. ¿Por qué?

–Por hablar de algo, Jess –dijo él tratando de buscar más temas de conversación. No podía creer que siguiera teniendo una erección–. Ya veo que no estás usando el GPS. Así que supongo que conoces el camino a Mudgee.

–Es todo recto. Tenemos que seguir por la autopista hasta que lleguemos al desvío de Nueva Inglaterra dirección Brisbane.

–Parece que has hecho este camino muchas veces.

–He ido a Brisbane, pero nunca he estado en Mudgee. Lo miré anoche en Internet.

–Yo tampoco he pasado nunca por este camino –admitió Ben.

Ella le miró con curiosidad.

–¿Nunca has estado en casa de tu mejor amigo?

–Por supuesto que sí. Muchas veces. Pero desde Sídney se va por otro camino.

–Ah, claro, no se me había ocurrido. Dijiste que estuviste interno en Sídney, ¿verdad?

–Sí, en Kings College. Está cerca de Parramatta. ¿Lo conoces?

# Capítulo 5

JESS apretó con más fuerza el volante durante un instante. Aunque hubiera dicho que no se le daba muy bien la escuela no significaba que fuera una ignorante. Por supuesto que conocía Kings College. Era uno de los mejores colegios privados de Sídney, muy distinto al humilde instituto al que ella había ido.

–Sí, lo conozco –dijo pensando en lo lejos que estaba aquel hombre de su liga–. Es un colegio muy bueno.

–Ahí fue donde conocí a Andy, mi mejor amigo. También estudiamos juntos Derecho en la Universidad de Sídney.

Oh, Dios. También había estudiado en la Universidad de Sídney, otra prestigiosa institución. Jess sabía lo que hacía falta para entrar ahí. Lo que demostraba que Ben había sido muy buen estudiante.

¿Qué sería lo siguiente?, se preguntó. Seguramente esquiaba todos los inviernos en Austria. Y se llevaría a su novia a París a pasar románticos fines de semana.

Aquello último le provocó un escalofrío. Jess no había pensado que Ben tuviera novia, una estupidez por su parte. Por supuesto que un hombre como él debía de tenerla. Aunque no estaba casado. Cuando el día anterior le pidió un nombre y un número de contacto no mencionó que hubiera ninguna esposa.

Sin embargo, cabía la posibilidad de que estuviera prometido.

–Y ahora tu mejor amigo se va a casar –dijo tratando de aparentar naturalidad, aunque se estaba muriendo de curiosidad–. ¿Tú estás casado, Ben? –le preguntó.

–No –respondió él.

–¿Prometido?

–No.

Había ido demasiado lejos como para detenerse ahora.

–Pero tendrás una novia esperándote cuando vuelvas.

–Ya no. Tenía una novia. Pero la relación se ha terminado, igual que la tuya.

–¿Te ha dejado? –preguntó Jess sin dar crédito.

–No exactamente...

–Lo siento. Ya estoy entrometiéndome otra vez.

–No me importa –dijo Ben–. Me gusta hablar contigo. Lo cierto es que he sido yo quien decidió poner fin a la relación. Aunque no he tenido todavía oportunidad de decírselo a Amber. Lo decidí anoche.

«Amber», pensó Jess elevando el labio inferior. Un nombre típico para la típica chica con la que Ben saldría. Seguro que era guapa. Y rica.

–¿Qué pasó?

–Ella quería casarse y yo no.

–Entiendo –murmuró ella. ¿Qué les pasaba a los hombres actualmente, por qué huían del compromiso?

Jess decidió cambiar de tema. Pensó en volver a sacar los problemas de Fab Fashions, pero, por alguna extraña razón, había perdido entusiasmo en aquel proyecto. Además, seguramente sería una pérdida de tiempo. Así que se decidió por un tema recurrente de conversación. El tiempo.

–Me alegro mucho de que sea un día soleado –afirmó con falsa alegría–. No hay nada que odie más que conducir con lluvia. Aunque las últimas lluvias se han agradecido mucho. Hemos pasado un invierno muy seco. Ahora todo está verde y precioso.

Ben giró la cabeza hacia la campiña.

–Está muy bien. Aunque no puede decirse lo mismo de esta carretera. Está en una situación deplorable para ser una autopista principal. Todo lleno de baches y de remiendos.

–Eso es porque está construida encima de unas minas de carbón –explicó Jess–. Además, ya sabes que Australia es famosa por el mal estado de sus carreteras.

–Porque el país es demasiado grande para el nivel de población que tiene. No hay impuestos suficientes para buenas infraestructuras.

–¡Que no hay impuestos suficientes! –exclamó Jess dando rienda suelta a su habitual franqueza–. ¡Somos uno de los países con más impuestos del mundo!

–No tanto. Australia ocupa el lugar número diez. La mayoría de los países europeos pagan más impuestos.

–Pero en América no –argumentó Jess–. La gente puede hacerse rica en América. En Australia eso es difícil, a menos que seas ladrón o traficante de drogas. Mi padre se mata a trabajar y solo tiene lo justo para vivir. Mis padres no han tenido unas vacaciones decentes desde hace años.

–Eso es una lástima. Todo el mundo debería tener vacaciones para que el estrés no acabe con ellos.

–Eso es lo que yo les digo.

–¿Cuántos años tienen?

–Mi padre tiene sesenta y tres y mi madre cincuenta y nueve.

–Entonces les falta poco para jubilarse.

–Mi padre dice que prefiere morir a jubilarse.

–Mi padre dice lo mismo –reconoció Ben–. Le encanta trabajar.

«Le encanta ganar dinero, querrás decir», pensó Jess. Pero no lo dijo.

–Antes has mencionado que tenías hermanos –dijo él–. ¿Cuántos?

–Tres.

–Yo siempre he querido tener un hermano. Háblame de ellos.

Jess se encogió de hombros. Le pareció que no tenía sentido evitar el tema de su familia. De algo tenían que hablar.

–El mayor es Connor –dijo–. Tiene treinta y seis años. Está casado y tiene dos hijos. Luego viene Troy. Tiene treinta y cuatro y también está casado. Tiene unas gemelas de ocho años –añadió sonriendo al pensar en Amy y Emily, dos niñas encantadoras–. Y luego está Peter, el más cercano a mí. Tiene veintisiete años, se ha casado hace poco y su mujer espera un hijo para principios del año que viene.

–¿No tienes hermanas?

–No.

–Así que eres la mimada de la familia.

–De mimada nada, te lo puedo asegurar –afirmó, pero era mentira. Sus hermanos la habían mimado sin miramientos. Se había mostrado muy protectores con ella cuando empezaron a aparecer los chicos. Ellos eran la razón por la que no tuvo novio hasta que terminó el instituto. Los espantaban a todos. Sobre todo Peter. Jess fue virgen hasta los veinte años.

–Supongo que también querrás tener hijos. He visto cómo sonreías al hablar de las gemelas.

–Me gustaría tener al menos dos hijos –admitió ella–. Pero casarme y tener hijos no es una prioridad para mí ahora mismo. Solo tengo veinticinco años. Primero quiero recorrer toda Australia. Por eso me compré este coche. Porque puede lidiar con las espantosas carreteras del país.

Jess le dio un golpecito cariñoso al volante.

–Mira, esa es la desviación de los viñedos de Hunter Valley –señaló–. Si vas a quedarte en la Costa Central un tiempo cuando vuelvas de la boda de tu amigo, entonces deberías visitar ese lugar. Está precioso en esta época del año y el vino es fantástico. Incluso puedes hacer un viaje en globo. Colin y yo lo hicimos hace poco y fue maravilloso.

–¿Has estado mucho tiempo saliendo con ese Colin?

–Poco más de un año.

–¿Ibais en serio?

–Bastante –admitió ella–. Sinceramente, creí que estaba enamorada de él. Pero ahora me doy cuenta de que no era así.

¿Cómo iba a serlo? Colin llevaba menos de un mes fuera de su vida y ya se sentía atraída por otro hombre.

–Sinceramente, Jess, creo que ese tal Colin es un imbécil al dejar a una chica como tú –aseguró ese otro hombre.

Jess no pudo evitar mirar a Ben. Él giró la cabeza hacia ella. Sus miradas se habrían cruzado si no llevaran los dos gafas de sol. Sin embargo, entre ellos hubo una descarga eléctrica que dejó a Jess sin respiración. Y entonces supo de pronto que Ben se sentía tan atraído por ella como ella por él. Y aunque la certeza de aquel interés sexual era excitante y halagadora, también la aterrorizaba.

# Capítulo 6

BEN no pudo evitar experimentar una oleada triunfal cuando la escuchó aspirar con fuerza el aire. Luego vio cómo volvía a clavar la vista en la carretera como si la persiguieran los demonios.

Tal vez fuera así, pensó sombríamente. Al diablo con su conciencia. Al diablo con el sentido común. Tenía que tener a aquella chica. Y pronto.

Jess estaba molesta consigo misma por sentirse halagada por el interés de Ben. ¿Por qué no iba gustarle?, pensó con su habitual seguridad en sí misma. Era una chica atractiva, y tenía unas piernas preciosas. De acuerdo, seguramente no podría hacerle sombra a la tal Amber, pero ella estaba en Nueva York, y Jess allí. La verdad era que Ben se sentiría seguramente solo en Australia, y ella estaba allí, sin novio y con la palabra «disponible» escrita en la cara.

El repentino final de la autopista arrancó de pronto a Jess de sus pensamientos. Ni siquiera había visto las señales para disminuir la velocidad. Puso los ojos en blanco, tomó la salida a la izquierda en la rotonda y se dirigió hacia Golden. Por suerte, Ben guardaba ahora silencio. Sin duda estaría pensando en cómo ligar con ella mientras ella pensaba en cómo iba a actuar cuando eso sucediera.

Mientras Jess conducía en silencio se preguntó por

qué no podía ser como las demás chicas, las que eran capaces de acostarse con un hombre en la primera cita, incluso nada más conocerlo en un bar o en una discoteca. Ella nunca podría hacer algo así. La idea le resultaba repulsiva. Y peligrosa. Primero tenía que conocer al hombre. Y le tenía que gustar. Y asegurarse de que a él le gustara también lo suficiente como para esperarla hasta que estuviera lista para llegar hasta el final.

A Colin le había hecho esperar semanas. Dudaba que Ben esperara semanas por ella.

Aunque no quería que lo hiciera. Dios, ¿qué le estaba pasando? ¡Ella no era así! Pero nunca había conocido a ningún hombre como Ben. No se trataba solo de su aspecto de estrella de cine, aunque resultaba difícil de ignorar. Era algo más. Una capa de confianza que llevaba sin esfuerzo y que Jess encontraba tremendamente atractiva. Y muy sexy. Estaba segura de que sería un gran amante. Muy experimentado. Muy... sabio. Sabría perfectamente qué hacer y cómo hacer para que siempre alcanzara el éxtasis.

Un escalofrío le recorrió la espina dorsal al pensar en aquello. No siempre alcanzaba el éxtasis durante el sexo. Pero le gustaría.

–¿Cuándo vamos a hacer la primera parada? –dijo de pronto él–. Pronto tendré que tomarme un café.

Jess contuvo un gemido al darse cuenta de que una vez más se había distraído. Tuvo que hacer un gran esfuerzo para apartar la mente de aquellos pensamientos pecaminosos y centrarse en saber dónde estaban exactamente. Se dio cuenta enseguida de que no debían de estar lejos de la desviación hacia la autopista de Golden.

–Estamos como a media hora de Denman –afirmó. Se había estudiado la ruta y había memorizado los pueblos y los servicios del camino–. Lo he visto en Internet. Es una villa histórica del valle que tiene un pub muy agradable y un par de cafés. Si te parece que está demasiado lejos, podemos ir a Singleton, pero supondría desviarnos.

–No, Denman suena bien. No tendrás por casualidad una aspirina, ¿verdad? Debería haberme tomado un par esta mañana, pero se me ha olvidado.

Jess recordó entonces su lesión de hombro.

–Hay alguna en la guantera –dijo–. Y una botella de agua en tu puerta, por si no te las quieres tragar de golpe.

–Gracias.

–¿Te duele mucho el hombro? –le preguntó, contenta de poder hablar de un tema poco comprometido.

–Esta mañana lo tenía un poco dolorido, pero estoy bien. Podría haber conducido, pero el médico del hospital me dijo que no. No por lo del hombro, sino porque además tuve una conmoción.

–Entonces mejor que no conduzcas.

–Me alegro de no haber podido hacerlo. En caso contrario, no te habría conocido.

Jess no pudo evitar que se le hinchara el corazón de placer. Aunque sabía de qué iba aquello. Había visto cómo actuaban sus hermanos con las chicas a las que se querían ligar. Les había visto halagarlas. Y había visto cómo aquellas tontas se subían a su regazo y les daban lo que querían sin dudar.

Tal vez por eso ella actuaba de otro modo con los chicos que se le acercaban. Al menos así había sido hasta que apareció este hombre tan guapo.

No podía creer que estuviera planteándose la posibilidad de tener una aventura de una noche con él. Y que el mero hecho de pensarlo le acelerara el corazón como si fuera el motor de un coche de carreras.

# Capítulo 7

QUÉ pueblo tan bonito –comentó Ben.
Habían parado y estaban sentados en una mesa
en la terraza de una antigua granja reconvertida
en café, tomándose un café recién hecho y mirando hacia el precioso jardín lleno de capullos en flor. Ben no
sabía nada de jardinería ni de plantas, pero sí sabía lo
que le gustaba. Lo mismo le pasaba con el arte. Nunca
compraba obras basándose en la reputación del artista,
solo compraba lo que le gustaba.

Miró a Jess, que estaba al otro lado de la mesa, y
pensó que también le gustaba mucho. Tal vez por eso
su deseo hacia ella era tan fuerte. Durante la última media hora en el coche había estado pensando en que iba
a estar solo con ella aquel fin de semana en un lugar que
facilitaba la seducción. Y finalmente se le había ocurrido un plan que podría funcionar, siempre y cuando
Jess estuviera de acuerdo con la idea.

–Entonces, Jess –dijo–, creo que ya va siendo hora
de que me cuentes qué pasa con Fab Fashions. No quería hablar de trabajo durante el camino, solo quería disfrutar del maravilloso paisaje. Pero ahora que hemos
parado...

Ella dejó la taza en la mesa y luego le miró con
aquellos increíbles ojos marrones tan expresivos. Ben
confiaba en que los suyos no revelaran sus más íntimos
pensamientos, ya que se había quitado las gafas de sol
y se las había guardado en el bolsillo de la camisa.

–¿De verdad quieres oír mis ideas? –le preguntó Jess con escepticismo.

«La verdad, no», reconoció Ben para sus adentros. Era una pérdida de tiempo. Pero formaba parte de su plan.

–Por supuesto que sí –mintió.

A ella se le iluminaron los ojos. Ben sintió una punzada de culpabilidad, pero la apartó de sí firmemente. La culpa no casaba bien con el deseo.

–De acuerdo. Bueno, para empezar está el nombre. Fab Fashions implica que está dirigido a un público joven, cuando en realidad su objetivo son mujeres más maduras. Hay que cambiar el nombre o cambiar el género. Yo sugiero cambiar el nombre, ya hay suficiente ropa para adolescentes. Luego habría que cambiar a los encargados de las compras. Contratar gente que no solo compre por el precio, alguien que sepa de moda y sobre lo que es cómodo de llevar. Las mujeres maduras buscan comodidad además de estilo. Y también sería buena idea comprar más prendas de tallas normales. La mayoría de las mujeres de más de cuarenta años no tienen una treinta y ocho. Y por supuesto, debería haber también una tienda *online*. Es una tontería no ir con los tiempos.

Ben estaba impresionado y sorprendido. Todas sus sugerencias tenían sentido. Tal vez incluso podrían funcionar.

–Sabes de lo que hablas, ¿verdad?

–Ya te he dicho que la moda es mi auténtica pasión. Además, odio pensar que toda esa gente se vaya a quedar sin trabajo. Si los dueños de todas las tiendas cerraran en tiempos difíciles, el país se iría al garete. No siempre se trata de obtener beneficios, ¿verdad, Ben? Todo el mundo tiene que arrimar el hombro en los malos tiempos, sobre todo las grandes empresas como la tuya.

–No es tan sencillo como parece, Jess.

Ella se molestó.

–Sabía que dirías eso.

–No he dicho que no esté preparado para hacer lo que sugieres. Lo que digo es que lo pensemos durante el fin de semana y veamos si podemos encontrar un nuevo y fabuloso nombre que suponga en sí mismo una campaña de marketing de éxito.

Jess frunció el ceño.

–Pero este fin de semana no vamos a tener tiempo. Tú tienes que ir esta noche a la despedida de soltero y mañana a la boda. Supongo que podríamos hablarlo en el camino de regreso a casa.

–Podríamos –reconoció él–. Pero cuando me entusiasmo con algo quiero ir directamente al grano –añadió con ironía. Volvió a remorderle la conciencia–. ¿Qué te parece si llamo a Andy y le pregunto si puedes quedarte en la finca el fin de semana en lugar de en un motel de Mudgee? Tienen una cabañita en la finca apartada de la casa principal que resulta muy acogedora. Podríamos alojarnos ahí juntos.

–¿Juntos?

–Tiene dos habitaciones, Jess. Por supuesto, esta noche no podríamos hablar mucho porque estaré en la despedida de Andy. Pero la boda no se celebra hasta mañana a las cuatro de la tarde. Eso nos deja mucho tiempo para hablar. Y hablando de la boda, estoy seguro de que podría conseguirte una invitación.

Si no tenía un vestido adecuado, la llevaría a Mudgee a comprarse uno.

El recelo y la tentación se reflejaron en los ojos de Jess.

–¿No le parecerá raro a Andy que le pidas que invite a su boda a una total desconocida?

–Tú no eres una desconocida, Jess. Sé más cosas de

ti que de la mayoría de mis novias. Además, ahora somos socios. Le diré a Andy que eres una asistente de marketing que he contratado para que me ayude con Fab Fashions y que te ofreciste amablemente a traerme hasta aquí tras un desafortunado accidente de coche. No hay necesidad de mencionar que trabajas en una empresa de alquiler de coches, ¿verdad?

Jess sacudió la cabeza. ¿De verdad pensaba Ben que ella no sabía lo que estaba haciendo? No era ninguna estúpida. Pero no había forma de decirle que no.

—Te gusta hacerte con el control, ¿verdad?

La sonrisa de Ben resultó encantadora y sexy al mismo tiempo.

—¿Qué quieres que te diga? La gente me acusa de ser mandón y controlador.

Jess se rio. Era un diablo, pero completamente irresistible.

—Estoy segura de que a los padres de Andy les parecerá raro que pidas que nos alojemos juntos en esa cabaña.

—En ese caso diré que estamos saliendo.

—¡Pero no es verdad!

—Lo será a partir del domingo. Tengo intención de pedirte salir cuando volvamos a la costa.

—Puede que te diga que no.

—¿Lo harás?

—No.

Ben sonrió.

—Estupendo. Entonces no hay ningún problema. Le diré a Andy que eres mi nueva novia.

Jess suspiró.

—Eres incorregible.

—Estoy embelesado por ti, eso es todo.

Jess se lo quedó mirando. Era ella la que estaba embelesada, Ben solo quería llevársela a la cama.

–Creo que deberías saber de antemano que no me acuesto con ningún hombre en la primera cita.

Ben volvió a esbozar aquel amago de sonrisa.

–Ten por seguro que siempre respetaré tus deseos –lo que significaba que estaba convencido de que lograría seducirla enseguida. Y lo peor era que estaba en lo cierto.

–Llamaré a Andy en cuanto me termine el café –afirmó Ben. Parecía muy complacido consigo mismo.

Fue a llamar al jardín, por el que se paseó mientras hablaba. Jess se preguntó qué le estaría diciendo a su amigo. Y ahora que lo pensaba, dudaba que Ben quisiera hacer realmente algo respecto a Fab Fashions. Su interés en sus ideas era una estrategia para ponerla de su lado. También se le pasó por la cabeza mientras Ben hablaba con su amigo que seguramente ella no era la primera chica que se llevaba a la cabaña a pasar el fin de semana. Jess solo sería otra más en su larga lista de conquistas, y no le gustaba nada aquella idea.

Jess se puso de pie, le dio las gracias a la camarera y volvió al cuatro por cuatro.

# Capítulo 8

CUANDO Ben terminó de hablar con Andy, regresó a la mesa de la terraza, pero la encontró vacía. Miró a su alrededor y vio que Jess estaba apoyada en el coche con los brazos cruzados y expresión de disgusto. Se preguntó qué habría pasado en los últimos diez minutos, mientras él conseguía que Andy aceptara la historia con Jess y accediera a alojarlos a ambos en la cabaña. También dijo que no había problema en que acudiera al día siguiente a la boda.

–¿Qué pasa? –le preguntó sin preámbulo cuando estuvo cerca de ella.

Jess apretó los labios.

–No me gustan las mentiras, eso es lo que pasa. No soy tu novia, Ben. Al menos no todavía. ¡Si ni siquiera me has besado aún!

–Bueno, eso puede arreglarse –respondió Ben deslizando la mirada hacia su boca mientras la sostenía con firmeza de los hombros.

No se precipitó. Jess dejó caer los brazos a los lados bastante antes de que la besara. Él la atrajo hacia sí muy despacio, sosteniéndole la mirada. Bajó la cabeza con la misma lentitud. A Jess le latía con fuerza el corazón cuando sus labios hicieron contacto con los suyos. Ni siquiera entonces la besó de verdad, fue solo un roce de sus labios en los suyos. Una. Dos. Tres veces. Finalmente ella entreabrió la boca, desesperada por sentir más.

Pero Ben no cumplió su deseo. Y al no hacerlo, provocó que aumentara. Jess gimió cuando él levantó la cabeza y se la quedó mirando fijamente.

–¿Sirve esto por ahora para subirte a la categoría de novia? –preguntó, sorprendiéndola con su frialdad.

Ella ardía por dentro. Y sin embargo Ben parecía completamente impasible.

–Como te he dicho, adorable Jess –continuó él–, estoy embelesado contigo. Mucho. Tengo pensado prolongar mi estancia en Australia para pasar más tiempo contigo. Y ya que no te gustan las mentiras, te diré que dudo mucho que pueda arreglar lo de Fab Fashions a pesar de que tus ideas son excelentes.

Era un demonio, pensó Jess. Ahora estaba utilizando la sinceridad para seducirla.

–Aunque estoy dispuesto a intentarlo –añadió Ben–. Si eso te hace feliz.

¿Qué podía decir a aquello? No podía admitir que Fab Fashions no estaba en la primera página de su agenda en aquellos momentos. En lo único que podía pensar era en estar con aquel hombre.

Pero al mismo tiempo, no quería que Ben pensara que podía tomarla por una idiota.

Jess recuperó la compostura y trató de imitar su actitud controlada.

–Estaría bien tratar de cambiar las cosas –aseguró–. Así que sí, me haría muy feliz.

–Bien. Y ya que estamos confesando –continuó él–, la razón por la que he querido que nos alojemos juntos en la cabaña es... mucho más íntima.

Ben la estaba observando de cerca, y se dio cuenta de que a Jess no le molestó su afirmación. Todo lo contrario, de hecho. Había un brillo de excitación en sus preciosos ojos. Estaba tratando de actuar con frialdad, pero los ojos la delataban. Además, la había sentido temblar antes entre sus brazos. Y el gemido de frustración que había soltado era muy revelador. Le deseaba tanto como él a ella. No se había atrevido a dejarse llevar por los besos por temor a perderse. Jess provocaba un efecto muy poderoso en él. Mucho mayor que el de Amber.

–Pero no esta noche –afirmó lamentándolo sinceramente–. Voy a estar ocupado. Aunque mañana por la noche, después de la boda, tendré una oportunidad.

–¿Eso crees? –le espetó ella tratando desesperadamente de recuperar la compostura y el orgullo.

Los preciosos ojos azules de Ben brillaron divertidos y seguros de sí mismos.

–Digamos que en ello confío.

–Pues tendrás que mejorar tu técnica de besar.

–¿De verdad? Y yo que pensaba que te gustaba que te sedujeran...

Jess sacudió la cabeza en gesto de derrota. Era demasiado inteligente para ella. Y demasiado experto.

–Eres incorregible.

–Y tú eres irresistible.

Jess no contestó, pero su cabeza continuaba dando vueltas. Sí, era un demonio y conocía las palabras adecuadas y los movimientos justos. Se preguntó cuántas mujeres habrían pasado por su vida.

Suponía que muchas.

Y ella solo sería una más.

No resultaba un pensamiento muy alegre.

–Creo que deberíamos ponernos en marcha –dijo bruscamente. Eran casi las diez, habían tardado más en llegar a Denman de lo que pensaba.

–Buena idea –contestó Ben.

Subieron al coche, se abrocharon el cinturón y se pusieron las gafas al mismo tiempo. Jess se cuidó de no mirarle para no mostrar todavía más su vulnerabilidad ante él. Odiaba que Ben pensara que lo de la noche siguiente era un hecho. Y en verdad lo era, no tenía sentido que se engañara a sí misma. Pero eso no significaba que tuviera que actuar como una estúpida que se sentía abrumada por sus atenciones.

—He pensado en parar en Cassilis a comer —afirmó al arrancar el motor—. La siguiente población es Sandy Hollow, pero está demasiado cerca. Despúes ya es todo recto hasta la casa de tu amigo.

—Me parece un buen plan.

—Deberíamos llegar a media tarde, pero depende del tiempo que quieras pararte a comer.

—Supongo que eso depende de lo deprisa que nos sirvan.

Resultaron ser muy rápidos. Se sentaron a comer en el jardín de un restaurante muy agradable. Jess pidió un único vaso de vino blanco con el filete y la ensalada porque iba a conducir, mientras que Ben se tomó una jarra de cerveza con el suyo. Comieron despacio y hablaron mucho. Y aunque fue una conversación muy superficial, Jess era consciente todo el rato de la peligrosa excitación que crecía dentro de ella. Cada vez que miraba a Ben, una imagen sexual le surgía en la mente. Cuando Ben se llevaba la comida a la boca, se le quedaba mirando los labios e imaginando cómo sería que la besara en las partes más íntimas de su cuerpo.

Sintió una punzada en el estómago. Ella no era así. Al menos hasta ahora. Sus novios habían sido bastante poco imaginativos en los preliminares, tal vez aquella fuera la razón por la que no siempre alcanzaba el éxtasis.

Miró a Ben y volvió a preguntarse cuántas mujeres habrían pasado por su vida. Y eso la llevó a pensar en Amber.

Lamentó que Ben no hubiera roto ya con ella. Quería decirle que la llamara y lo hiciera en aquel mismo instante, pero no tenía valor. Además, sería una pérdida de tiempo. La cruda realidad era que finalmente volvería a América. Ben no quería casarse. Ella solo era una chica que acababa de conocer, que le gustaba y con la que quería estar.

Una parte de Jess se sentía halagada, pero no se engañaba pensando que aquello podría ser un romance serio. Solo eran barcos que se cruzaban en la noche. Decidió, tal vez para proteger su femenino corazón, que se lo tomaría como una experiencia. Una aventura. Nada más. Enamorarse de un hombre como Ben sería una gran estupidez.

–Te has quedado muy callada –dijo entonces él.

Jess dio un respingo. No quería que Ben pensara que estaba preocupada por algo, aunque lo estuviera. Pero ahora que había tomado la decisión de seguir por aquel camino, estaba decidida a hacerlo con mente positiva.

–Estaba pensando que debería llamar a mi madre pronto –aseguró con una sonrisa–. Para tranquilizarla y que sepa que sigo viva.

–¿Cómo? No creo que esté preocupada por la carretera. Eres una excelente conductora.

–No, lo que le preocupa es que seas un asesino en serie.

La cara de asombro de Ben resultó épica.

–Le aseguré que no, que solo eras un hombre de negocios rico sin un ápice de inteligencia.

Él entornó los ojos y fingió sentirse ofendido.

–Lo cierto es que soy bastante inteligente.

–Eso todavía tengo que verlo –Dios, le encantaba aquella batalla dialéctica. Nunca había coqueteado así con ninguno de sus novios anteriores y le resultaba muy divertido.

–Déjame decirte que era uno de los mejores del colegio.

–Sí, pero eso es ser listo en el colegio, algo muy distinto a ser listo en la calle. ¿Cómo vas a ser listo en la calle si naciste en cuna de plata?

–Como sigas así, tu madre tendrá motivos para preocuparse –bromeó él. Los bellos ojos azules le brillaban divertidos–. He estrangulado a mujeres por mucho menos que esto.

Jess sonrió, y seguía sonriendo cuando salieron del restaurante y se pusieron otra vez en camino. Cuando estuvieron en la carretera rumbo a Mudgee se dio cuenta de que no había llamado a su madre al final.

–¿Esta es la carretera en la que vive Andy? –preguntó.

–Sí, creo que ya estamos cerca. Hace mucho que no vengo, pero cuando vea la finca la reconoceré.

–En ese caso, me gustaría parar un segundo para llamar a mi madre –dijo Jess saliendo de la carretera y aparcando a la sombra de un árbol.

Su madre respondió al instante.

–Hola, Jess, ¿estás bien? ¿Has llegado ya?

–Ya casi, mamá. Estoy muy bien. El señor De Silva no es un asesino en serie al final –añadió. Ben sacudió la cabeza–. Es bastante simpático –añadió con una mueca.

–Me alegro. Las mujeres tenemos que andarnos con cien ojos.

–El amigo del señor De Silva vive en una finca al lado de esta carretera. Cuando lo deje allí, iré a Mudgee y me alojaré en un motel. Oye, tengo que irme. Te llamaré otra vez esta noche. Te quiero.

–¿Por qué no le has dicho que te vas a quedar en la finca? –preguntó Ben cuando Jess arrancó el motor y salió a la carretera–. Creía que no te gustaban las mentiras.

–No seas tonto, Ben. Es mi madre. Todas las chicas mienten a sus madres. Lo hacemos para que no se preocupen.

Él se rio.

–Ya debemos estar cerca, reconozco ese lugar. Estoy seguro de que la finca está cerca, a la izquierda. Sí, ahí está –Ben señaló hacia lo alto.

Los ojos de Jess siguieron la dirección de su dedo y se clavaron en una impresionante casa de estilo colonial construida en la cima de una colina y rodeada de terrazas para disfrutar de las vistas del valle.

–La entrada no queda muy lejos –añadió Ben–. Sí, ahí está.

Jess aminoró la marcha y luego giró hacia la entrada. Atravesó las anchas columnas de piedra y siguió por un camino bastante recto que atravesaba prados cubiertos de filas y filas de viñedos.

–¿Este lugar es de Andy o de sus padres? –preguntó Jess.

–De sus padres. Y la casa no es tan antigua como parece. La construyeron cuando estábamos en el internado. Su padre era agente de bolsa en Sídney, pero ganó tanto dinero que decidió retirarse y dedicarse a lo que le gustaba, así que montó unas bodegas.

Jess contuvo un suspiro. Tendría que haber supuesto que el mejor amigo de Ben sería rico.

–¿Y a qué se dedica Andy?

–Es el encargado de las bodegas. Estudió Derecho conmigo cuando terminamos el colegio, pero al graduarse decidió que aquello no era para él y se marchó a Francia a estudiar Producción Vinícola con los maestros. Cuando volvió, se encargó de las bodegas.

Cuando se acercaron a la casa, tres personas se asomaron al porche delantero. Dos hombres y una mujer. Jess supuso que eran Andy y sus padres. El más joven de los hombres bajó corriendo los escalones que llevaban a la zona asfaltada de al lado de la casa en la que Jess iba a aparcar.

Ben se bajó del coche rápidamente y abrazó a su amigo con fuerza.

Jess también se bajó y se fijó en que Andy no era tan alto como él, pero era guapo. Tenía el pelo oscuro, ojos marrones y facciones agradables.

–Cuánto tiempo sin verte, hermano –dijo Andy cuando dejaron de abrazarse.

Ben se encogió de hombros.

–He estado ocupado en la Gran Manzana.

–Supongo que esta debe de ser Jess –adivinó Andy mirándola con ojos de apreciación antes de acercarse y darle un beso en la mejilla–. Encantado de conocerte.

–¿Seguro que no pasa nada por que me aloje aquí? –preguntó ella–. No quisiera ser una molestia.

–Ninguna molestia. La cabaña está preparada para acoger invitados. Entrad a tomar el té de la tarde. Y los bollos de arándanos de mi madre. Los que te gustan a ti, Ben. No sé cómo lo hace, pero las mujeres siempre intentan complacerle.

–Yo tampoco lo entiendo –aseguró Jess muy seria–. Ni que fuera guapo, encantador ni nada parecido.

Andy se la quedó mirando un segundo y luego se echó a reír con ganas.

–Vaya, eso ha estado muy bien. Te puedes quedar con ella si quieres, Ben.

–Sí quiero –murmuró él al oído de Jess pasándole el brazo por la cintura mientras entraban en la casa.

Pero aunque Jess se estremeció de placer con el contacto, sabía que Ben no tenía intención de quedarse con ella. Estarían juntos mientras él estuviera allí. Luego regresaría a América y todo habría terminado.

# Capítulo 9

LOS padres de Andy, Glen y Heather, resultaron tan encantadores como su casa. Jess esperaba que fueran algo petulantes, ya que eran ricos y tenían una bodega. Pero aunque eran muy educados y bien hablados, tenían los pies en la tierra.

Estaban tomando el té en el salón principal cuando sonó el teléfono.

–Disculpadme –Heather se dirigió a la mesita auxiliar en la que estaba el teléfono.

Jess trató de no escuchar, pero le resultó imposible después de que Heather emitiera un gemido.

–Oh, querida, qué desafortunado –le dijo a la persona con la que estaba hablando–. ¿Y qué vas a hacer? Sí, sí, le diré a Andy que se ponga.

Andy se precipitó al teléfono. No hacía falta ser Einstein para saber que estaba hablando con su prometida y que algo no iba bien. Por suerte, Heather les puso al corriente al instante.

–Una de las damas de honor de Catherine ha tenido que ir al hospital por amenaza de aborto. Se encuentra bien, pero tendrá que estar ingresada al menos una semana y no podrá venir mañana a la boda. Catherine está muy disgustada. Va a ser una comitiva nupcial muy corta, pero ¿qué otra cosa podemos hacer?

–Podríamos poner a Jess en su lugar –sugirió Ben.

Ella le miró horrorizada.

–No digas tonterías, Ben. La novia de Andy ni siquiera me conoce.

–En ese caso te llevaremos a su casa para que te conozca –insistió él con su habitual seguridad–. Vive aquí al lado. No es la solución ideal, pero es una solución.

–Bueno, supongo que sí –murmuró Heather antes de que Jess pudiera objetar algo.

–Es la solución perfecta –intervino Glen con pragmatismo masculino–. ¡Andy! Dice Ben que Jess estaría dispuesta a ocupar el lugar de Krissie si a Catherine le parece bien.

Jess contuvo el aliento mientras Andy le contaba a su novia quién era ella y lo que proponía Ben. No estaba muy segura de si quería que dijera que sí o que no.

Andy se giró para mirarla.

–Dice que gracias por ofrecerte. Que le has salvado la vida, pero que tiene que verte cuanto antes para saber si el vestido te servirá o no. Krissie estaba embarazada.

–De acuerdo –dijo Ben poniéndose de pie–. Dile a Catherine que vamos para allá ahora mismo.

Andy puso los ojos en blanco.

–Dice que yo no puedo ir para no ver el vestido.

–No pasa nada, Andy –Ben tomó a Jess de la mano, se despidieron y salieron del salón.

–Asegúrate de venir esta noche –le gritó Andy cuando ya se iban.

–Lo haré –contestó Ben.

Jess se contuvo y no dijo ninguna de sus objeciones mientras salían. Lo hecho, hecho estaba.

–No te enfades conmigo –le pidió él cuando se subieron al coche.

–No estoy enfadada –aseguró Jess arrancando el motor–. Pero no estaría mal que dejaras de presuponer que siempre voy a hacer lo que tú quieras. Me gustaría que me preguntaras antes.

Ben parecía sorprendido por la declaración. Al parecer estaba acostumbrado a que las mujeres le obedecieran sin rechistar.

–Lo siento –dijo–. Solo quería solucionarle la papeleta a Andy.

–Sí, ya lo sé. Por eso no estoy enfadada.

–Bien. En el futuro intentaré ser más considerado. Gira a la izquierda cuando lleguemos a la carretera. Es la siguiente entrada. Los padres de Catherine tienen cuadras con caballos de carreras.

–Entonces, ¿también son ricos?

–No tanto como los padres de Andy, pero sí. Ahí está la entrada.

Era más impresionante que la de la finca de Andy, con un inmenso arco negro. La casa era de un estilo parecido a la de Heather y Glen, pero esta era antigua de verdad, hecha de piedra y no de madera. Tenía también dos pisos, terrazas y muchas chimeneas.

Jess aparcó detrás de la casa.

–Antes de entrar, ¿qué le has contado exactamente a Andy de mí?

–Le dije que eras una consultora de marketing relacionada con Fab Fashions. Pero he dejado que creyera que nos conocemos desde hace una semana aproximadamente, no desde esta mañana.

Aquello le recordó a Jess lo lejos que habían llegado en tan solo unas horas. Supuso que debería estar más sorprendida, pero no era así. Sacudió la cabeza, y entonces Ben le rozó los labios con los suyos.

–No te estreses, Jess –murmuró contra su trémula boca–. Déjate llevar por la corriente.

Cuando Ben levantó la cabeza, ella parpadeó. No era una corriente, eran aguas turbulentas que amenazaban con tragársela.

–Ah, ahí está Catherine. Y supongo que la otra chica

es la dama de honor –dijo Ben agarrando el picaporte de la puerta.

Jess hizo un esfuerzo por recuperar la compostura.

Catherine resultó ser un encanto. Tendría veintimuchos años, era más alta de lo normal y tenía una figura atlética, el cabello rubio y los ojos azules. No había en ella ni un ápice de esnobismo ni de malos modos. La dama de honor no le cayó tan bien a Jess, seguramente porque le hizo ojitos a Ben desde que apareció. Se llamaba Leanne, y había estado interna en el colegio con Catherine y con Krissie, la única de las tres que estaba casada por el momento. Tras charlar un poco, entraron en la casa, donde les recibió Joan, la madre de Catherine. Era una mujer guapa, pero demasiado delgada y con la mirada ansiosa.

–Eres preciosa, querida –le dijo a Jess mirándola con el ceño fruncido–. Pero no creo que quepas en el vestido de Krissie.

–Yo tampoco lo creo –reconoció Catherine–. Eres más o menos de su altura, pero Krissie engordó bastante con el embarazo. No te preocupes, mamá, la modista puede meterle el vestido. La llamaré, pero antes deberíamos subir a que Jess se lo pruebe. No, tú quédate aquí, Ben –le ordenó Catherine cuando fue tras ella–. No quiero que veas el vestido. Mamá, llévate a Ben al salón y ponle la televisión.

A Jess le hizo gracia ver la expresión de Ben. No estaba acostumbrado a que ninguna mujer le dijera lo que tenía que hacer.

–No te preocupes –le susurró Catherine en tono confidencial mientras subían por las escaleras con Leanne detrás–. No se irá a ninguna parte.

–Es encantador –afirmó Leanne a su espalda–. Y muy rico.

–¿Ah, sí? –preguntó Jess con fingida naturalidad.

–Me dijiste que su padre era multimillonario, ¿verdad, Catherine?

–Eso fue lo que Andy me dijo –confirmó la joven.

Jess se encogió de hombros cuando entraron en el dormitorio, que era enorme.

–No estoy interesada en su dinero –afirmó con sequedad.

–¿Vais en serio? –preguntó Catherine.

–Acabamos de conocernos, pero creo que nos gustamos mucho –replicó Jess.

Catherine sonrió.

–Bueno, vamos a probarte el vestido a ver qué se puede hacer.

El vestido era de seda rosa pálido sin tirantes con corte bajo el pecho y una larga falda plisada que llegaba hasta el suelo. Era muy romántico, no del estilo de Jess, pero le quedaba sorprendentemente bien. Sin embargo, resultaba demasiado suelto en la parte del corpiño. Había que meterlo por los extremos. Por suerte, el largo le quedaba bien. Los zapatos eran media talla más grande que la suya, pero mejor eso a que fueran demasiado pequeños.

Catherine ladeó la cabeza mientras la observaba.

–Te queda mejor que a Krissie, pero eso no se lo diremos a ella –añadió con una sonrisa–. Voy a llamar a la modista para que me haga el favor de arreglarlo.

Pero resultó que la modista estaba en Melbourne visitando a su hermana.

La ley de Murphy atacaba de nuevo, pensó Jess mientras se quitaba el vestido para volver a ponerse su ropa. Pero ella podía hacer algo para borrar el gesto de desmayo de la novia.

–No pasa nada, Catherine –le dijo con tono tranquilizador–. Yo puedo arreglar el vestido. Sé cómo hacerlo. Y antes de que preguntes te diré que llevo una máquina de coser en el maletero del coche.

Leanne y Catherine la miraron con la boca abierta.

–Pero... pero... –Catherine no parecía muy segura de la proposición.

Jess sonrió para tranquilizarla.

–No tienes de qué preocuparte. Soy una experimentada modista. Me dedicaba a ello antes de entrar en el marketing –añadió para respaldar la mentirijilla de Ben–. Yo misma me hice la chaqueta que llevo, y creo que tiene un diseño muy bonito.

–¡Y que lo digas! –exclamó Catherine–. La he estado envidiando desde que llegaste.

–Yo también –reconoció Leanne–. Las chaquetas de flores se llevan mucho esta primavera.

–Pero dime una cosa, Jess –Catherine parecía desconcertada–, ¿siempre viajas con la máquina de coser?

Jess se dio cuenta al instante de que no podía decir que tenía pensado coser la mayor parte del fin de semana en el motel hasta que el destino lo cambió todo.

–Dios, no –afirmó riéndose–. Es que el fin de semana pasado le cosí unas cosas a una amiga y se me olvidó sacarla del maletero.

Ya puestos a decir mentirijillas, esta no era de las peores. Pero Jess se dio cuenta de que no tenía amigas como las que tenía Catherine. Cuando se marchó de Sídney para ir a vivir en la Costa Central dejó atrás todas las amigas que había hecho en el colegio. Veía a un par de ellas ocasionalmente, pero no formaban parte de su vida.

Jess no se había visto a sí misma como una persona sola hasta ahora. Tenía una familia numerosa, pero de pronto envidió a Catherine por sus amigas. Prometió entonces hacer algo al respecto al volver a casa. Tal vez podría apuntarse a un gimnasio. O practicar algún deporte en equipo. En el colegio era buena al baloncesto, ser más alta que las demás le proporcionaba ventaja. Sí, eso haría.

–¿Qué te parece si llevo a Ben otra vez a casa de Andy? –sugirió–. Luego podría volver y centrarme en el vestido. Me llevará un par de horas. Quiero hacerlo despacio y bien.

Catherine sonrió.

–Me salvas la vida, Jess. Y luego puedes quedarte a cenar –añadió–. Después podemos celebrar una pequeña fiesta nosotras. No tiene sentido que vuelvas a casa de Andy, Ben y él van a estar esta noche en Mudgee. Unos cuantos amigos suyos de la universidad se alojan allí en un motel y se van a reunir todos. Ya sabes cómo son esas cosas. Al menos la boda es a las cuatro y media, así que tendrán tiempo para reponerse.

–¿Dónde va a ser la boda, Catherine? –preguntó Jess.

–En el jardín de rosas de mi madre. Y la fiesta se celebrará en una carpa situada en el jardín de atrás.

–¿Y cuál es la predicción del tiempo para mañana? –quiso saber Jess. Le preocupaba que la ley de Murphy asomara su fea cabeza en el último minuto.

–Perfecto. Cálido, sin lluvia a la vista. Bueno, vamos a bajar para tranquilizar a mamá mientras tú dejas a Ben en casa de Andy. Pero no tardes mucho –añadió con una sonrisa–. Nada de ñaca-ñaca. Reserva eso para después de la boda.

# Capítulo 10

SEGURO que quieres hacer esto, Jess? –dijo Ben cuando ella puso el coche en marcha–. Cambiar un vestido no es lo mismo que hacerlo desde el patrón.

–No supondrá ningún problema. Mi abuela hacía muchos arreglos y yo la ayudaba. Así me gané mi primer dinero.

–Estás llena de sorpresas, ¿verdad? –Ben sonrió–. Parece que eres alguien a quien conviene tener cerca. Apuesto a que también cocinas bien.

Jess se encogió de hombros.

–No se me da mal. Pero mi madre es mejor. ¿Tú sabes cocinar, o es una pregunta estúpida?

–Para nada. Creo que todos los hombres deberían saber cocinar un poco, sobre todo los que viven solos. Puedo hacer una tortilla decente, y mi *risotto* de setas ha recibido varios halagos.

Jess se rio.

–Apuesto a que sí.

–No vas a quedarte a dormir esta noche en casa de Catherine, ¿verdad? –le preguntó Ben de pronto.

Ella frunció el ceño ante la pregunta.

–No lo tenía pensado, pero ¿qué más daría? Tú vas a salir, y parece que vas a llegar muy tarde.

–Quiero que estés ahí por la mañana. Me gustaría desayunar contigo y charlar un poco más.

–De acuerdo –accedió Jess–. Pero procura no hacer

ruido al entrar. No quiero que me despierte ningún borracho que viene de juerga.

–No tengo intención de emborracharme esta noche –aseguró él para sorpresa de Jess–. No quiero tener resaca mañana, gracias. Tengo planes para por la noche que requieren que esté en forma.

–Oh –murmuró ella.

Y por primera vez en su vida, Jess se sonrojó. Pero no por timidez. Era rubor sexual.

–No te pases la casa de Andy –le pidió Ben.

–¿Qué? Dios, durante un momento he olvidado dónde estaba –miró por el espejo retrovisor y frenó bruscamente antes de girar hacia la entrada de casa de Andy.

–¿Estás pensando en mañana por la noche? –le preguntó Ben con tono sexy.

Jess se negó a mostrarse nerviosa delante de él aunque realmente lo estuviera.

–Por supuesto –dijo con tono neutral.

A Ben no debería sorprenderle su sinceridad. Jess no era de jueguecitos. Pero él tenía muchos juegos pensados para la noche siguiente. No quería que el sexo con ella terminara rápidamente. Quería saborearlo. Saborearla a ella. También quería que el acto amoroso durara mucho.

–¿Cuántos amantes has tenido, Jess?

–No tantos como tú, de eso estoy segura –afirmó ella–. Pero ¿podemos dejar de hablar de sexo? –detuvo el coche en seco–. Tú quédate aquí sentado mientras yo voy a buscar a Andy, le cuento lo que pasa y luego averiguo dónde está la cabaña. Y antes de que protestes, no vas a engañarme fingiendo que puedes entrar y salir del coche sin sentir dolor en el hombro porque sé que no es así. Así que sé un buen chico y quédate sentado un ratito.

No le dio oportunidad de pensar alguna respuesta inteligente porque se bajó a toda prisa, dejando a Ben pensando en lo buen chico que iba a ser aquella noche.

La tentación de volver a casa antes era muy potente. Podría poner alguna excusa relacionada con el accidente de coche, decir que le dolía la cabeza por la conmoción o apelar al dolor de hombro. Le molestaba un poco, pero nada grave.

Finalmente decidió que esperaría. Esperar solía mejorar el sexo. Y Jess estaría más dispuesta a ser completamente seducida.

La noche siguiente sería la primera vez para él en muchos aspectos. Su primera boda. Su primera chica morena. La primera en décadas que no parecía impresionada con que fuera el hijo y heredero de Morgan De Silva.

¡Aquello sí era una primera vez de verdad!

# Capítulo 11

LA CABAÑA de invitados resultaba muy acogedora y estaba bastante alejada de la casa principal, sobre una colina más pequeña y rodeada de árboles. Estaba hecha de madera, tenía un porche cubierto delante y otro detrás y un pasillo que la dividía en dos. A la izquierda de la entrada había un salón seguido de un comedor y una cocina. A la derecha había dos dormitorios separados por un baño y después una enorme despensa. Todas las habitaciones estaban decoradas en un estilo confortable y campestre.

Andy les había llevado personalmente a la cabaña, lo que supuso un alivio para Jess. Nada como una tercera persona para evitar que Ben hiciera algo que ella no quería que hiciera. Al menos por el momento. Lo cierto era que la aterrorizaba el momento en que dejara de hablar y pasara a la acción. Siempre se había considerado bastante buena en el sexo, pero en una escala del uno al diez dudaba que superara el cinco. Se sentiría fatal si suponía una decepción para Ben.

Puso rápidamente la bolsa de viaje en el más pequeño de los dos dormitorios, insistiendo en que Ben se quedara con la habitación de la cama grande porque era más alto. Él no protestó, se limitó a sentarse en una esquina del colchón y a botar como si estuviera comprobando su comodidad. Andy llevó las cosas de Ben al dormitorio mientras Jess se quedaba en el umbral.

–Volveré dentro de poco con algunas provisiones –les

dijo Andy–. Algo para desayunar. Ya hay vino blanco en la nevera y vino tinto en el mueble de la cocina, además de café, té, galletas, etc. Pero traeré pan fresco, huevos y beicon.

–Yo ya no estaré aquí –le contestó Jess antes de que pudiera escaparse–. Tengo que volver a casa de Catherine. No regresaré hasta última hora de la noche.

–Es verdad, se me había olvidado. También se me ha olvidado darte las gracias por todo lo que estás haciendo. Jess. Catherine me llamó y me contó lo del vestido. Eres una chica muy inteligente, ¿no es así, Ben? Es increíble que sepas coser así de bien.

–Es asombrosa –afirmó Ben.

Jess se limitó a sonreír, abrumada por tanto halago.

En cuanto se quedaron solos, Ben la miró con los ojos entornados.

–No vas a quedarte en ese dormitorio mañana por la noche.

Ella se le quedó mirando. No le gustaba que los hombres le dieran órdenes.

–Tal vez lo haga –le espetó–, si empiezas a comportarte como un imbécil.

Aquello le dejó pegado.

–¿Qué quieres decir?

–Yo corro mi propia carrera, Ben. No me gusta que los hombres me digan lo que tengo que hacer y cuándo tengo que hacerlo.

–¿De veras?

Ben se puso de pie y se acercó a ella. La tomó con firmeza de los hombros y la atrajo hacia sí. Ella no se revolvió ni protestó. Se quedó mirándole con los ojos muy abiertos. Ben podía sentir su corazón galopante. Jess creía que no le gustaba recibir órdenes, pero Ben sabía que a muchas mujeres de carácter fuerte les gustaba que sus amantes tomaran el mando. Pensó enton-

ces que seguramente Jess no habría tenido nunca un
amante que la dominara. ¡Qué excitante!

Estaba deseando que llegara la noche siguiente.

–Cuando llegue el momento, Jess –le dijo con calma
mirándola fijamente a los ojos–, te gustará que te diga
lo que tienes que hacer. Confía en mí. Pero por ahora
será mejor que te vayas. Porque, si te quedas, no me hago
responsable de lo que pueda pasar.

Jess salió de la cabaña a toda prisa con el cuerpo
cruelmente excitado y la cabeza hecha un lío.

¿Confiar en él? ¿En qué sentido? ¿Confiar en que la
convertiría en una especie de esclava sexual sin voluntad?

En aquel instante no dudaba de que podría hacerlo.
Si ella se lo permitía.

¿Quería que eso ocurriera?

La respuesta a aquella pregunta estaba en el fuerte la-
tido de su corazón y en sus pezones, duros como rocas.

Jess se vio de pronto abrumada por una oleada de deseo tan poderosa que estuvo a punto de salirse de la carretera. Se sacudió mentalmente la cabeza y disminuyó
la marcha. Luego entró casi temblando con el coche en
casa de Catherine, agradecida de tener un trabajo que le
ocuparía la mayor parte de la velada. Muy agradecida
de no tener una razón para volver a la cabaña hasta después de que Ben se hubiera marchado con Andy a la ciudad. Gracias a Dios, no volvería hasta el amanecer. Y
para entonces ella estaría ya dormida.

Jess no pudo evitar reírse. Aquella noche no podría
dormir.

Pero al menos lo fingiría.


Sin embargo, las cosas no salieron como tenía pensado. Jess terminó el vestido sobre las nueve y media,

rechazó la oferta de tomarse un vino alegando que estaba cansada y volvió en coche a la cabaña. Fue entonces cuando recordó que había prometido llamar a su madre. Y eso fue lo que hizo mientras abría una botella de vino blanco de la nevera. Se sirvió una copa y la fue bebiendo sentada en la mesa de la cocina. Le contó a su madre una versión editada de lo que había ocurrido, contándole la verdad sobre el drama de la boda y cómo había arreglado el vestido. Por supuesto, no mencionó que todo el mundo pensaba que era la novia de Ben ni que se alojaba con él a solas en la cabaña. Solo admitió que la habían invitado a dormir en la finca, nada más.

—Parece que está siendo un viaje lleno de sorpresas —dijo su madre.

—Desde luego que sí —reconoció Jess con ironía sirviéndose otra copa de vino.

—Tendrás que llamarme mañana por la noche y contarme cómo ha ido la boda.

Jess se estremeció. No podía decirle a su madre por qué no iba a hacerlo.

—Mamá, la boda es por la tarde. Cuando haya terminado la celebración y me vaya a la cama estaré agotada. Te llamaré el domingo por la mañana. Pero no muy temprano, puede que me levante tarde.

Jess agradeció que su madre no pudiera ver el interior de su mente en aquellos momentos. Las imágenes no eran aptas para ella.

—De acuerdo —dijo su madre—. Pero no te olvides de tomar fotos. Me encantaría verte con ese vestido. Me encantaría ver a todos. Y, por cierto, ¿qué aspecto tiene ese tal Ben? Dijiste que era simpático, pero tengo la sensación de que también es guapo, ¿verdad?

—Sí, es muy guapo —admitió Jess tratando de mantener un tono calmado—. Y también muy alto.

—Alto, moreno y guapo, ¿eh?

–No, en realidad es rubio y de ojos azules.

–¿Y cuántos años dices que tiene?

–No lo sé. Treinta y pocos, tal vez.

–¿Y es rico?

–Asquerosamente rico, mamá. Su padre es multimillonario.

–Dios mío. ¿Y le has dicho que has perdido tu trabajo en Fab Fashions por su culpa?

–Lo mencioné. Y me prometió que vería si podía hacer algo.

–Bueno, eso es muy amable por su parte. Pero ¿hablaba en serio?

Jess todavía no lo tenía muy claro.

–Tal vez. Supongo que tendremos que esperar a ver, mamá. Bueno, voy a colgar, estoy muy cansada –era mentira. Tenía demasiada adrenalina por el cuerpo en aquel momento como para pensar en dormir. Por eso se estaba bebiendo todo aquel vino; a veces la ayudaba a dormir. Desgraciadamente, ahora no parecía funcionar.

–Conducir cansa mucho –afirmó su madre–. Buenas noches, cariño, que duermas bien. Te quiero.

Jess se sintió de pronto conmovida.

–Yo también te quiero, mamá –dijo con un nudo en la garganta antes de colgar.

Tras la tercera copa de vino, Jess decidió que aquello definitivamente no funcionaba. Así que guardó la botella medio vacía en la nevera y se dirigió al cuarto de baño. Pasó otra hora dándose un largo baño caliente, pero no se relajó lo más mínimo. Acababa de salir del baño en camisón cuando escuchó la frenada de un coche delante de la cabaña. Corrió hacia el salón y miró a través de la cortina justo a tiempo para ver a Ben saliendo de un taxi.

¿Qué diablos estaba haciendo en casa tan pronto? Jess salió corriendo hacia el dormitorio y en su precipitación se tropezó con el extremo de la alfombra. Gritó al caer y se cubrió la cara con las manos mientras daba con las rodillas contra el suelo y se pegaba un doloroso golpe.

Ben escuchó gritar a Jess mientras subía hacia el porche delantero. Entró en la cabaña a toda prisa, encendiendo la luz y gritando su nombre al mismo tiempo.

Se la encontró de cuclillas en el suelo del salón, en penumbra y vestida con un camisón de seda roja de tirantes finos que le marcaba la preciosa figura. La melena le caía en cascada sobre los hombros, provocando un efecto tremendamente sexy.

–¿Qué ha pasado? –preguntó Ben extendiendo la mano izquierda para ayudarla a levantarse.

–Me he caído –dijo ella. Pero no hizo amago de tomar su mano. Seguía con la vista clavada en el suelo–. He metido el pie debajo de la alfombra.

–Entiendo –afirmó Ben. Pero en realidad no entendía nada. Además, ¿qué estaba haciendo Jess en aquella habitación? Las luces estaban apagadas. Y la televisión también–. Bueno, ¿vas a tomarme la mano o vas a quedarte ahí toda la noche? –preguntó con tono frustrado.

Ella le miró.

Lo único que Jess pudo hacer fue contener un gemido. Dios, qué guapo estaba con aquellos vaqueros grises desgastados, la camisa blanca abierta y la chaqueta gris carbón.

Jess puso finalmente la mano en la suya y él se la apretó con fuerza para ponerla de pie.

–¿Qué diablos estás haciendo aquí tan pronto? –le preguntó mientras trataba de ignorar la dirección de su mirada. Clavada justo en sus pezones erectos, apoyados contra la seda roja. Tal vez podría pensar que tenía frío. Aunque no lo tenía, había apagado el aire acondicionado al llegar. La temperatura había bajado considerablemente tras la caída del sol, pero dentro de la cabaña había unos agradables veintitrés grados.

–¿Quieres saber la verdad?

–Por supuesto.

–Le he dicho a Andy que me dolía muchísimo la cabeza y que, si quería que estuviera bien para mañana, tenía que irme a casa.

–¿Y es verdad? ¿Te duele la cabeza?

–No. Pero no podía dejar de pensar en ti.

Jess trató de impedir que sus halagadoras palabras la sedujeran, pero era demasiado tarde para aquella lucha inútil.

–Yo también he estado pensando en ti –admitió ella ligeramente alterada.

–Entonces, ¿todavía tengo que esperar hasta mañana por la noche?

Ella sacudió la cabeza.

Jess esperaba en el fondo que la besara, pero no lo hizo. Ben se limitó a sonreír.

–Necesito una ducha –aseguró–. Huelo a cerveza. ¿Te apetece unirte a mí?

Jess sintió el intenso deseo de humedecerse los secos labios, pero se contuvo. Tragó saliva.

–Yo... acabo de darme un baño –afirmó con voz ronca.

–Entonces puedes venir y mirar.

Jess parpadeó y abrió brevemente la boca antes de volver a cerrarla.

–De acuerdo –dijo, preguntándose si aquello tenía algo que ver con lo que Ben le había dicho antes respecto a que terminaría gustándole que le dijera lo que tenía que hacer.

Le gustaba. Y eso era lo raro. Si Colin o alguno de sus novios anteriores le hubiera sugerido algo parecido, les habría dicho que se perdieran. En su opinión, los baños eran lugares privados. No eran sitios para mirar.

Pero quería ver a Ben ducharse, ¿verdad? Quería verlo desnudo. Quería hacer todo tipo de cosas que no había hecho antes. La cabeza le dio vueltas al pensar en ello.

Al ver que no se movía, Ben frunció el ceño.

–¿Has cambiado de opinión?

¿Cambiar de opinión? ¿Estaba loco? ¿Cómo iba a cambiar de opinión?

Sacudió la cabeza.

–Bien –afirmó Ben. Y volvió a tenderle la mano.

# Capítulo 12

A BEN le gustó el modo en que Jess se dejó guiar al cuarto de baño. Tenía la impresión de que estaba excitada, como lo estaba él. Hasta el mínimo roce de Jess le excitaba. Resultaba increíble el efecto que causaba en él. Aunque no suponía nada que no pudiera controlar, y menos ahora que se mostraba tan deliciosamente colaboradora.

La acomodó en la esquina de la bañera con garras y empezó a desvestirse.

Jess no podía creer que estuviera haciendo aquello, estar allí sentada viendo cómo Ben se quitaba la ropa delante de ella. ¡Pero por todos los santos, qué excitante resultaba!

Después de descalzarse, se quitó la chaqueta y luego la camisa, dejando al descubierto un torso que no parecía propio de alguien que se pasaba el día sentado tras la mesa del escritorio. Debía de ir mucho al gimnasio, pensó Jess, o a nadar. El tenue bronceado sugería que tal vez ese fuera el caso. Tenía los hombros anchos, y un moratón en uno de ellos. Pero al parecer eso no le impedía mover el brazo. Tenía los músculos del pecho bien tonificados y los abdominales marcados. Poco vello, observó, y eso le gustó.

Contuvo el aliento cuando se quitó el cinturón de los vaqueros. Ben lo dejó caer al suelo y luego se bajó la cremallera. Cuando metió los dedos en las trabillas y se los bajó, Jess dejó escapar por fin el aire que tenía retenido en los pulmones.

Llevaba unos calzoncillos negros de seda que no ocultaban nada.

Se preguntó si sería tan grande como parecía. Jess siempre había pensado que el tamaño importaba. Mucho. Le gustaba que los hombres estuvieran bien construidos en esa zona.

Y Ben lo estaba. Mejor que sus novios anteriores. Y tenía una erección magnífica. Estaba circuncidado, con apenas vello en la base. Supo que tendría una textura y un sabor fantástico.

Estaba de pie frente a ella como un Adonis dorado.

—Ahora tú, Jess —le ordenó él—. Levántate y quítate ese camisón. Quiero verte entera.

Jess se levantó con piernas temblorosas, se veía en la obligación de obedecerle. Sintió una punzada en el estómago mientras se deslizaba los tirantes por los hombros, primero uno y luego el otro. No llevaba ropa interior. Nunca se la dejaba para dormir. El camisón se le deslizó por el cuerpo hasta quedar hecho un gurruño a sus pies.

Ben deslizó la mirada primero hacia los pies y luego la fue subiendo gradualmente, deteniéndose en la depilada uve que tenía entre las piernas antes de subir a los senos.

—Preciosa —dijo.

Jess sabía que era atractiva, pero nunca se había considerado preciosa. Tenía defectos físicos, como la mayoría de la gente. ¿No veía Ben que tenía la nariz demasiado grande para la cara? Igual que la boca. En la parte de atrás de los muslos tenía unos cuantos hoyos de celulitis que ni los masajes ni las cremas lograban quitar, aunque no se los veía a menos que la ordenara que se diera la vuelta.

Sospechaba que Ben no lo haría. Estaba disfrutando mucho de la visión de sus senos. En realidad eran lo mejor de su figura. Grandes y altos, con pezones rosados que crecían de manera significativa cuando se jugaba con ellos. O cuando estaba excitada. Como en aquel momento. Dios, sí. Sentía los senos henchidos bajo su ardiente y hambrienta mirada.

–No más excusas, Jess –afirmó Ben con voz seca–. Vas a entrar en la ducha conmigo y luego vamos a meternos en la cama. Juntos.

Ella le obedeció una vez más, ciegamente y sin protestar. Dejó que la guiara hacia la ducha. Y una vez allí, mientras los chorros de agua caliente le estropeaban completamente el pelo, Ben le tomó la cara con las manos y la besó por fin apropiadamente.

A Jess la habían besado muchas veces en su vida. Hombres que besaban muy bien. Pero los besos de Ben eran una experiencia única. Sentía su efecto por todo el cuerpo, hasta los dedos de los pies. Estaba abrumada. Y luego empezó a obsesionarse. No tenía suficiente. Ni tampoco de él. Cuando Ben levantó por fin la cabeza, se apretó contra su cuerpo en total rendición, rodeándole la cintura con los brazos.

–¿Estás tomando la píldora, Jess?

Ella se apartó lo suficiente para poder mirarle.

–¿Qué?

–¿Estás tomando la píldora?

Jess se aclaró un poco la garganta.

–Bueno, sí, pero...

–Pero quieres que use protección de todos modos.

–Por favor –le pidió ella, aunque se sintió tentada a decir que no, que la tomara allí mismo, en aquel instante.

–En ese caso, creo que esta vez la ducha tendrá que ser corta.

Una vez más, Jess no protestó. Se quedó allí de pie mientras él cerraba los grifos y luego agarraba una de las toallas que había en la repisa, frotándola con cierta brusquedad antes de secarse él. Luego la tomó en brazos y la llevó al dormitorio.

Jess se estremeció cuando la depositó suavemente en la parte superior de la cama. Sintió escalofríos por todo el cuerpo.

–¿Tienes frío? –le preguntó Ben tumbándose a su lado y apoyándose en el codo izquierdo para elevarse.

–Un poco –mintió ella.

–¿Quieres meterte entre las sábanas?

Jess sacudió la cabeza.

–Llevo todo el día pensando en esto –aseguró él inclinando los labios hacia los suyos una vez más y deslizándole la mano derecha por el pelo todavía húmedo.

El hecho de que volviera a besarla con dulzura la sorprendió primero y la embelesó después. Jess suspiró bajo su dulce suavidad. Pero la presión de su boca se fue haciendo cada vez más fuerte. Cuando Ben le mordió el labio inferior, contuvo el aliento y él le deslizó la lengua dentro. Jess gimió mientras le exploraba la sensible piel del paladar. Y volvió a contener el aliento cuando le cubrió el seno derecho con la mano, jugando con el pezón de un modo que nunca antes había vivido, acariciándoselo suavemente con la palma hasta que sintió que le ardía en llamas.

Y todo sin dejar de besarla, introduciéndole la lengua y retirándola antes de volver a hundirla en ella. Cuando movió la mano hacia el otro pezón, Jess sintió una fugaz sensación de abandono. Si pudiera haber jugado con los dos al mismo tiempo, entonces estaría en el cielo. Oh, Dios. Jess no sabía si estaba gozando o sufriendo, pero tampoco le importaba siempre y cuando Ben no se detuviera.

Entonces se detuvo, dejó de besarla y de pellizcarle el pezón. Jess gimió consternada hasta que se dio cuenta de por qué había parado. Ya estaba abajo con aquella boca y aquella lengua tan sabias, haciéndola gemir y retorcerse mientras la lamía, la succionaba y le demostraba que todos sus amantes anteriores eran unos ignorantes del cuerpo de la mujer. Ben sabía exactamente qué hacer para llevarla al borde del éxtasis, y no una vez, sino varias. Sabía cuándo retirarse. Tal vez tuviera algo que ver con el hecho de que sus dedos estuvieran todo el tiempo muy dentro de ella. Tal vez podía sentir cómo apretaba los músculos cuando estaba a punto de alcanzar el clímax.

Ben levantó finalmente la cabeza.

–Creo que ya es suficiente –murmuró. Entonces se dejó caer a su lado boca arriba, respirando agitadamente.

Jess se incorporó apoyándose en el codo y se lo quedó mirando fijamente.

–No vas a parar ahora, ¿verdad?

–Solo unos segundos. Quiero recuperar el aliento y ponerme el preservativo. He dejado dos en el cajón de arriba esta tarde –dijo señalando con la cabeza hacia la mesilla de noche–. ¿Me puedes pasar uno, por favor?

Jess se preguntó si Ben siempre utilizaría protección aunque sus novias tomaran la píldora. Tenía la sensación de que sí. Tal vez le preocupara que alguna de ellas tratara de atraparlo para obligarle a casarse con ella. Los hombres ricos se preocupaban de cosas así, supuso. Si Amber quería casarse con él a toda costa, tal vez llegara a semejante extremos.

–Pónmelo –le dijo Ben cuando lo sacó del cajón.

Oh, Dios, pensó Jess abriendo el envoltorio. Había colocado preservativos con anterioridad, pero no en un estado de tanta excitación. Le resultaba muy difícil hacerlo con las manos temblorosas. Cuando Ben gimió, le miró con preocupación.

–¿Te estoy haciendo daño?

Él le dirigió una sonrisa torturada e irónica al mismo tiempo.

–Cariño, me estás matando. Pero no del modo que tú crees. ¿Te importa ponerte arriba?

–¿Quieres que me ponga arriba? –repitió Jess. Era su postura favorita, pero no imaginaba que fuera la de Ben. Creía que le gustaba ser quien llevaba el control. Y aunque la había excitado que le diera órdenes, estaba encantada de que los papeles se invirtieran durante un rato. Pero pensándolo bien, aquella postura había sido también idea de Ben.

–Tenía la impresión de que te gusta estar arriba –dijo él.

–Y me gusta –confesó Jess.

–Entonces, ¿a qué estás esperando?

¿A qué estaba esperando?

A Ben se le formó un nudo en el estómago cuando se puso encima de él a horcajadas. El corazón le latía con fuerza dentro del pecho cuando colocó su punta ardiente en la entrada de su sexo. Podía sentir el calor y la humedad de Jess, pero no podía verlo. No era de aquellas chicas que se depilaban por completo, ella lo tenía protegido por una pizca de suave bello rizado. A Ben le gustaba. Era distinto. Ella era distinta. En todos los sentidos. No era nada pretenciosa. Era dulce y muy natural, y la deseaba como nunca antes había deseado a ninguna mujer. Estaba tan excitado que aquella noche no tenía paciencia para juegos. La deseaba en aquel momento.

Se le escapó un gemido de entre los labios cuando Jess se adentró en él, engulléndolo con su suavidad de un modo que resultaba increíblemente placentero. Se preparó mentalmente para lo que iba a sentir cuando se moviera. No quería llegar demasiado pronto. Diablos, no. Eso no podía ser.

Jess no se había equivocado. Estar dentro de él era algo increíble, la llenaba por completo. Era obvio que a él también le gustaba, a juzgar por la expresión de su rostro. Pero ¿lo que estaba viendo era arrebato o tortura? Imaginó que se trataría de una mezcla de las dos cosas. Los hombres podían ser muy impacientes en aquella situación. Así que al principio mantuvo los movimientos lentos y suaves, levantando poco las caderas antes de volver a bajar. Pero no pasó mucho tiempo antes de que su propio deseo de satisfacción se apoderara de ella, urgiéndola a alzar las caderas más alto y luego hundirse más. Trató de no pensar en otra cosa que no fuera el placer sexual, ignorando con valentía las repuestas emocionales que se le asomaban al cerebro. Aquello no era amor, se dijo con firmeza. Era sexo. Un sexo increíble, sí, con un hombre tremendamente guapo. Pero solo era sexo. «Disfrútalo, chica. Porque podrías pasarte el resto de tu vida sin encontrar otro amante como Ben».

Alcanzaron juntos el éxtasis, y aquello la distrajo completamente de cualquier pensamiento relacionado con el amor, su orgasmo fue tan intenso que solo podía pensar en las sensaciones físicas. El placer eléctrico de cada espasmo, y además el maravilloso alivio tras la tensión a la que había estado sometida durante todo el día. Finalmente, cuando todo terminó, cada poro de su cuerpo sucumbió a una larga oleada de languidez. Colapsó encima de él, completamente exhausta, y emitió un largo suspiro de plenitud cuando Ben la rodeó con sus brazos.

–Ha sido fantástico –susurró él–. Tú eres fantástica. No, no te muevas –le pidió cuando Jess trató de levantar la cabeza–. Quiero dormirme así, contigo todavía dentro de mí. Lo único que lamento es que no podamos hacerlo otra vez. De pronto me siento agotado. Pero te lo compensaré mañana, te lo prometo. Quédate como estás, por favor –le pidió con un susurro aterciopelado.

Treinta segundos más tarde se quedó dormido.

Y ella le siguió menos de un minuto después.

# Capítulo 13

BEN se despertó con el olor del beicon frito, y Jess no estaba en la cama con él. Diablos, la noche anterior había caído como un tronco. Y había dormido diez horas, descubrió asombrado al mirar el reloj. Y aunque lamentaba no haberse despertado, las largas horas de sueño habían hecho maravillas en él. Tenía el hombro un cien por cien mejor y se sentía de maravilla.

Se levantó de la cama de un salto y se metió en el baño. Tras una ducha rápida, se envolvió una toalla a la cintura y se dirigió a la cocina. Estaba deseando volver a ver a Jess. Cuando le dio los buenos días, ella se giró y los ojos se le iluminaron al verle.

–Estás muy guapo con esa toalla –le dijo sonriendo.

–Y tú estás preciosa con cualquier cosa –contestó Ben mirándola de arriba abajo.

Llevaba los mismos pantalones negros ajustados, pero la parte de arriba era distinta. Se había puesto un suéter sencillo de cuello redondo color verde brillante que casaba con su pelo oscuro y su piel aceitunada. No llevaba maquillaje y tenía el pelo recogido hacia arriba de modo informal, en un moño del que se le escapaban algunos mechones. Su falta de artificio no dejaba de asombrarle. Amber siempre estaba arreglada y con el pelo perfecto antes incluso de ducharse por la mañana.

Jess hacía que Amber pareciera tremendamente superficial y vana.

–Adulador –dijo ella riéndose antes de girarse otra vez hacia el horno.

–Eso huele muy bien –aseguró Ben colocándose detrás de ella y deslizándole las manos por la cintura.

Jess trató de no ponerse tensa al sentir su contacto, estaba decidida a actuar con naturalidad delante de él. Le había resultado difícil no quedarse mirando su hermoso cuerpo cuando entró en la cocina, pero lo había conseguido diciéndose que ninguna mujer sofisticada de Nueva York se lo quedaría mirando. Se movería aquella mañana con estilo y elegancia. No buscaría asegurarse de que quería algo más que sexo con ella. Sería amable y despreocupada, un poco coqueta pero no pesada.

Así que cuando Ben le puso la mano bajo la barbilla y le giró la cara hacia la suya, ocultó el pánico que sentía y dejó que la besara. Por suerte no fue un beso demasiado largo ni apasionado. Pero el corazón se le aceleró de todas maneras y la cabeza se le llenó de imágenes de Ben tirando todo lo que había en la mesa y tomándola allí mismo.

A él le brillaron los ojos cuando levantó la cabeza.

–Si ese beicon no está ya preparado –dijo–, te tomaré a ti de desayuno.

–¿Ah, sí? –respondió ella con total desenfado–. Tal vez yo tenga algo que decir al respecto.

La mirada de Ben indicaba que sabía que estaba lanzando un farol.

–Vamos, Jess, dejémonos de juegos esta mañana. Los dos sabemos que lo que compartimos anoche fue algo especial. Y muy adictivo. Pero tienes razón. Primero deberíamos comer.

–El moratón del hombro está mucho mejor –aseguró ella centrando otra vez la atención en el desayuno–. Cuando los moratones empiezan a adquirir todos los colores del arcoíris, normalmente significa que se están curando. Y ahora siéntate, por el amor de Dios, y deja que siga con esto.

–Parece que estás familiarizada con los moratones –dijo Ben tomando asiento en una de las sillas de la cocina.

–Tengo tres hermanos –le recordó ella–. No había día que no llegaran del colegio a casa con moratones.

–¿Se metían en peleas?

–No, solo eran muy deportistas.

–Y tú eres muy sexy.

Jess se sintió algo disgustada... y también irritada. Ben parecía estar centrado únicamente en el sexo. Y ella era algo más que eso... ¿verdad?

Se las arregló de alguna manera para servir las tostadas, el beicon y los huevos sin quemar nada. Ben comió su parte con avidez, Jess apenas probó la suya. Siempre perdía el apetito cuando estaba disgustada por algo. Trató de decirse a sí misma que era una tontería esperar de Ben algo más que sexo, pero fue inútil.

–No has comido mucho –comentó él cuando terminó de desayunar.

–No tengo demasiada hambre. Me tomé un café antes de que te levantaras.

–No serás una de esas chicas que se alimenta solo de café, ¿verdad?

–Normalmente no.

–Tú no necesitas perder peso, Jess. Tu cuerpo es maravilloso tal y como es.

Jess trató de que no se le notara en la cara lo que sentía. Pero ¿por qué tenía Ben que centrarse en su cuerpo?

–Me alegro de que pienses eso. Por cierto, ayer dijiste que podríamos hablar de Fab Fashions por la mañana.

Ben parecía asombrado.

–Sí, ya sé que lo dije. Pero eso fue antes de lo de anoche.

Jess le miró fijamente desde el otro lado de la mesa.

–¿Quieres decir que ya no tienes que mimarme porque ya hemos tenido relaciones sexuales?

Ben disimuló su culpabilidad. Porque Jess tenía razón, ¿no era cierto? Pero qué diablos, no quería perder el tiempo hablando de trabajo cuando podría estar teniendo sexo con ella otra vez.

–No –aseguró midiendo las palabras–. Eso no es verdad. Aunque lo que compartimos anoche cambia las cosas, Jess. Fue algo muy especial. Podemos hablar de Fab Fashions mañana en el camino de vuelta a casa. Y todos los días de la semana que viene. Mientras tanto, seguramente tendremos solo un par de horas para nosotros antes de prepararnos para la boda de esta tarde. ¿A qué hora tienes que estar en casa de Catherine?

Jess pareció haberse apaciguado con la explicación.

–Dije que estaría allí a las tres. Pero primero tengo que arreglarme el pelo. Catherine y Leanne van a ir a la peluquería en Mudgee esta mañana, pero prefiero peinarme yo misma. Me conozco mejor que cualquier peluquera.

Ben sonrió.

–No me cabe ninguna duda. De acuerdo, Andy dijo que pasaría a recogerme sobre las dos y media. Nos vamos a reunir todos en su casa antes de dirigirnos a la de Catherine a eso de las cuatro. Al parecer, la comitiva del novio no puede llegar tarde.

–¿No has ido nunca a una boda?

–La verdad es que no. ¿Tú sí?

–He sido dama de honor en las bodas de mis tres hermanos.

–Tal vez en la próxima seas tú la novia.

–Lo dudo –afirmó ella con tono seco.

–¿No quieres casarte?

–Bueno, sí. Dentro de mucho tiempo. Estoy dispuesta

a esperar la llegada del hombre correcto. Después de lo de Colin, no tengo ninguna prisa.

Ben tampoco tenía ninguna prisa. Pero se le pasó por la cabeza que Jess sería una esposa maravillosa.

–¿Y cómo tiene que ser el hombre correcto? –preguntó.

Jess se encogió de hombros.

–Esa es una pregunta difícil. Para empezar, tiene que tener un éxito razonable en el trabajo que haya escogido. Me gustan los hombres seguros de sí mismos.

–¿Tiene que ser rico?

–Rico como tú, no, Ben De Silva. Nunca me casaría con alguien tan rico como tú.

Ben se sintió ofendido.

–¿En serio? Muchas mujeres sí lo harían.

–Sí. Mujeres estúpidas y codiciosas como Leanne. O mujeres que ya sean ricas, como tu Amber.

Él frunció el ceño.

–¿Qué te hace pensar que Amber es rica?

Jess se puso de pie y empezó a recoger los restos del desayuno.

–¿Me equivoco? –le espetó.

–No. Es rica. O mejor dicho, su padre es rico.

–Eso me parecía.

Ben se rio.

–No estarás celosa, ¿verdad, Jess? No tienes motivo. Amber es historia.

Que la acusara de tener celos resultaba muy revelador. Porque los tenía. Y muchos. Jess le dio la espalda y se acercó al fregadero. Ella también sería historia algún día no muy lejano. Solo era cuestión de tiempo.

Que la tomara con firmeza de los hombros la sorprendió. No le había oído levantarse.

–No estés enfadada conmigo, Jess. Volvamos a la

cama. Podemos hablar de Fab Fashions allí si quieres. Podemos hacer varias cosas a la vez.

Jess no pudo evitar reírse.

–Los hombres no pueden hacer varias cosas a la vez.

–No estés tan segura –dijo él atrayéndola con fuerza hacia sí–. Yo puedo hablar y tener una erección al mismo tiempo, ¿lo ves? –se frotó contra su trasero–. Aquí tienes la prueba.

Jess se rio todavía más.

–Me encanta que te rías –murmuró él besándola en el cuello–. Pero me gusta todavía más que tengas un orgasmo. Los sonidos que emites, el modo en que tus músculos internos me estrujan como una prensa... anoche me volviste loco. Vuélveme loco otra vez, adorable Jess. Esta vez con la boca. Y con esas manos que tienes.

Ella era la que se estaba volviendo loca. Ningún hombre le había dicho nunca nada semejante. Ben hacía que deseara hacerle de todo. Oh, Dios...

Jess no dijo ni una palabra. Se giró entre sus brazos y le besó. Él la besó también, fue un beso largo y apasionado que la derritió todo el cuerpo.

–Vamos. Volvamos a la cama –murmuró Ben cuando se apartó para tomar aire.

–¿La cama? –repitió ella mareada.

Él sonrió con picardía.

–Sí, ya sabes, esa cosa con sábanas y almohadas en la que uno duerme por la noche. Pero tú no vas a dormir hoy en ella, preciosa –añadió–. Ni un solo segundo.

# Capítulo 14

¿CREES que estoy haciendo lo correcto?

Jess sacudió la cabeza con desesperación. ¿Por qué le preguntaba aquello la novia? Ella no sabía nada de su relación con Andy. Además, ya era un poco tarde para echarse atrás. La comitiva nupcial estaba a punto de avanzar por el jardín de rosas hacia donde el novio esperaba impaciente. Ya llevaban veinte minutos de retraso. Pero al mismo tiempo, Jess sentía simpatía por la joven. Su madre no era la más tranquilizadora de las madres, se había pasado las dos últimas horas llorando, y el matrimonio era un gran paso.

–¿Tú quieres a Andy, Catherine? –le preguntó aceleradamente.

–Sí, por supuesto.

–Nada de «por supuesto». Muchas chicas se casan por motivos que nada tienen que ver con el amor.

–Yo no.

–Yo tampoco soy así. ¿Y Andy te quiere?

–Sí, estoy segura de que sí.

–Pues entonces parece que no hay razón para dudas de última hora, Catherine. Vamos, ya llegamos tarde. Pero déjame decirte antes que estás absolutamente preciosa –y era cierto. El vestido era demasiado recargado en opinión de Jess, pero iba muy bien con la belleza rubia de Catherine.

La novia sonrió.

–Tú también estás preciosa. Igual que tú, Leanne.

Leanne esbozó una mueca y Jess sonrió. Sí, estaban las tres muy guapas.

Mientras avanzaban desde la casa hacia el jardín de rosas, Jess iba pensando en su propia boda futura, así que no se fijó mucho en lo que la rodeaba. Había hecho un esfuerzo por dejar de lado sus crecientes sentimientos hacia Ben durante las horas que había pasado antes con él, centrándose solo en lo físico y no en lo emocional. Pero le había resultado tan difícil controlar el corazón como el cuerpo. Le había practicado sexo oral, y eso había sido lo máximo para ella. Le había encantado ver cómo Ben perdía el control bajo su boca y sus manos. No había querido hacerlo, de eso estaba segura. Pero al parecer fue tan incapaz de evitarlo como ella. Aunque eso no significaba nada. Jess no era tan ingenua.

Utilizaron el preservativo que quedaba, y luego Jess, todavía excitada, se ofreció a ir a buscar el que ella llevaba siempre en el bolso, que estaba en la otra habitación. Ben la siguió, la puso sobre la alfombra que estaba al lado de la cama y la tomó a cuatro patas. Era la primera vez que Jess lo hacía de aquel modo y le encantó.

Ben se había equivocado respecto a lo de no dormir. Cuando volvió a llevarla a la cama tras el acto en la alfombra se quedó dormida y no se despertó hasta que Ben empezó a agitarle el hombro.

–¡Oh, Dios mío! –había exclamado ella sentándose y apartándose el pelo revuelto de la cara–. ¿Qué hora es? –se fijó al instante en que Ben estaba ya vestido. Aunque no para la boda, llevaba vaqueros y una camiseta.

–Casi las dos y media. Andy llegará en cualquier momento. Dijiste que tenías que arreglarte el pelo.

Jess torció el gesto.

–Voy a tener que lavármelo otra vez. Está hecho un desastre.

Justo entonces llamaron a la puerta principal. Andy la abrió, saludó y avanzó por el pasillo. Asustada, Jess agarró una sábana para cubrirse. A Ben no le dio tiempo a llegar a la puerta abierta antes de que llegara Andy.

—Oh, lo siento —dijo Andy al ver a Jess en la cama, obviamente desnuda—. Eh... te espero fuera, Ben.

—No pasa nada —Ben se giró para dirigirle a Jess una mirada de disculpa—. Lo siento, cariño. Te veré en la boda.

Jess recordó que el corazón le había dado un vuelco al escucharle decir «cariño». Y otro más cuando le vio al lado de Andy al final de la alfombra roja que habían extendido entre las filas de bancos decorados. Estaba claro que tanto el novio como los demás testigos estaban tan guapos como Ben con sus esmóquines, pero Jess solo tenía ojos para él.

Empezó a sonar música de boda grabada y Jess avanzó flotando por el pasillo, ajena a los silbidos de admiración de los invitados, consciente únicamente de los ojos de Ben clavados en ella.

«Maldición», se dijo Ben mientras Jess avanzaba lentamente hacia ellos. «Está preciosa».

—Eres un hombre de suerte, amigo —murmuró Andy a su lado—. Esa chica es un bombón.

—Mira quién fue a hablar —consiguió susurrar Ben cuando finalmente apareció la novia.

Pero apenas se fijó en Catherine ni escuchó la ceremonia. Se limitó a cumplir con el ritual, sacó los anillos cuando tuvo que hacerlo y agradeció que el servicio fuera relativamente corto. Estaba deseando volver a quedarse a solas con Jess.

La primera oportunidad que tuvo para hablar con ella fue cuando firmaron en el registro de testigos después de la boda.

–Estás muy guapa de rosa –le susurró cuando Jess le pasó el bolígrafo–. Pero te prefiero sin nada.

Se dio cuenta de que le tembló la mano cuando firmó. Le excitaba saber que podía seducirla con tanta facilidad. No era como las demás chicas con las que se había acostado. Parecía menos experta y con mayor capacidad de sorpresa. Y eso en sí mismo ya era muy excitante. La tentación de ampliar sus fronteras sexuales era grande, sobre todo porque era una mujer muy sexual. Le había encantado ponerse arriba. A él también. Pero le preocupaba la tendencia que tenía a perder el control con ella en ocasiones.

La próxima vez no dejaría que sucediera. A Ben le gustaban los juegos eróticos, y tenía una idea en mente para aquella noche, una idea que esperaba que Jess aceptara gustosa. Estaba seguro de que así sería.

Pero, lamentablemente, todavía quedaba mucha velada por delante.

Jess no podía creer lo larga que fue la noche. Las fotos fueron de lo más tedioso, igual que la cena de tres platos. Todavía no habían servido el café cuando Ben finalmente se puso de pie y pronunció su discurso de padrino.

No parecía nervioso en absoluto, y eso la irritó. Tal vez porque remarcaba la seguridad que tenía en sí mismo. Y eso era absurdo. ¿Acaso no le había dicho que le gustaban los hombres seguros de sí mismos?

No le importaba que le gustara Ben. Nunca se habría acostado con él si no le gustara. Pero no quería enamorarse.

–Señoras y caballeros –comenzó Ben–. En primer lugar, quiero agradecerles a todos que hayan venido hoy a celebrar el matrimonio de Andy con Catherine, quien, por cierto, es la novia más bella que he visto en mi vida.

No solo estaba seguro de sí mismo, se dijo Jess, sino que además era un adulador.

–Los que no me conocen se estarán preguntando seguramente qué hace un tipo con acento americano ejerciendo de padrino de Andy. Créanme si les digo que aunque hable como un yanki, si escarban un poco, encontrarán bajo la superficie a un australiano de pura cepa.

Se escucharon aplausos y vítores.

–Andy y yo nos conocemos desde hace mucho. Fue mi mejor amigo en el internado y en la facultad de Derecho. Siempre ha estado ahí para mí. Siempre. Y le quiero. Lo siento si suena cursi. Créanme si les digo que es el hombre más inteligente y sensato que he conocido en mi vida. Una prueba de su inteligencia es que haya escogido a Catherine como compañera de vida. Son una pareja maravillosa que se quiere profundamente. Un amor así es un tesoro que debe cuidarse. Y protegerse. Si les parece, vamos a brindar por ello...

Todo el mundo se puso de pie, Jess la primera. Estaba conmovida por la última parte del discurso de Ben. Sí, el amor era realmente un tesoro, sobre todo el amor verdadero. Colin no la había amado de verdad. Y en cuanto a Ben... más le valía no seguir por ahí.

–Por Andy y Catherine –exclamó Ben en voz alta alzando su copa.

Todos los invitados repitieron sus palabras, brindaron y bebieron.

Jess también lo hizo. Luego se apoyó en el respaldo del asiento. Se sentía de pronto agotada. Siguieron más discursos y, finalmente, Andy se puso de pie para hablar y pronunció unas palabras conmovedoras sobre su novia. A Jess se le llenaron los ojos de lágrimas, pero tuvo que contenerse porque Andy propuso un brindis por las damas de honor, contando el gran favor que les había hecho Jess en el último momento y lo agradecidos que estaban.

Eran una pareja encantadora. Y sí, estaban muy enamorados. Jess no podía evitar envidiar su felicidad. Ya no le hacía gracia que Ben tuviera planeado quedarse en Australia un poco más. Sabía a lo que se atenía. Quería sexo apasionado con ella, y luego volvería a Nueva York y se olvidaría por completo de su existencia. Y para entonces, seguramente, Jess se quedaría con el corazón roto.

El sentido común le decía que no tuviera nada más que ver con Ben cuando acabara el fin de semana. Pero el sentido común no podía competir con el ardor sexual que le corría por las venas desde que firmaron juntos el certificado de matrimonio. Unas cuantas palabras susurradas al oído y había estado a punto de arder en el sitio. Todavía le ardían los pezones erectos que se le apretaban contra la seda del vestido. Estaba deseando que terminara la celebración para poder estar otra vez con Ben.

Pero tenía que esperar, aceptó a regañadientes. Dios mío, estaba como loca por aquel hombre.

Al menos ya habían llegado al momento de cortar la tarta. Pronto sería el turno del vals nupcial, y luego empezaría la fiesta propiamente dicha. Aunque se sintió tentada, Jess decidió no beber demasiado para no tener problemas al regresar después conduciendo a la cabaña.

Algo que no sucedería pronto, reconoció con cierto disgusto. El padrino no podía marcharse de ninguna manera antes que los novios. Solo faltarían un par de horas, pero iban a parecer una eternidad.

–¿Quiere usted bailar, señorita? –le preguntó una voz con cerrado acento sureño.

Jess giró la cabeza y se encontró a Ben detrás de su silla con una sonrisa pícara en la cara.

–Dicen que da suerte bailar con una de las damas de

honor –añadió él, actuando como si fuera un paleto de la colina.

Jess no tuvo más remedio que sonreír. Estaba claro que Ben no se había quedado sentado dándole vueltas al asunto. Para él todo era juego y diversión.

–Bueno, no quiero decepcionar a un tipo tan guapo como tú –respondió ella riéndose mientras se ponía de pie.

Cuando estuvieron en la pista de baile, Ben la atrajo hacia sí y ella cerró los ojos y se fundió contra su cuerpo, saboreando la sensación mientras trataba de contener su creciente deseo. Se estremeció cuando los labios de Ben hicieron contacto con los suyos y le deslizó la lengua dentro. Pero solo durante una décima de segundo.

Jess gimió suavemente cuando él levantó la cabeza y contuvo otro gemido cuando el otro padrino del novio, Jay, le dio a Ben un toquecito en el hombro y sugirió que cambiaran de pareja.

Ben no tenía ningunas ganas de bailar con Leanne, pero ¿qué podía hacer? Le habían enseñado que debía ser educado. Así que sonrió y le pasó a Jay a Jess mientras él cumplía con su deber y bailaba con la tonta de Leanne.

–¿Y desde cuándo conoces a Jess? –fue lo primero que le preguntó Leanne con curiosidad.

–No hace mucho –respondió él deslizando la mirada hacia Jay, que estaba demasiado cerca de Jess, en su opinión.

–Es muy atractiva, ¿verdad? –continuó Leanne.

Ben asintió.

–Las chicas así pueden conseguir al hombre que quieran –afirmó la joven con un suspiro de envidia–. Debe de ser difícil para un hombre tan rico como tú saber si una chica le quiere por sí mismo o por su dinero –añadió mirándole.

Ben estaba asombrado por la maldad que encerraba el comentario de Leanne.

–No soy tan rico, Leanne.

Ella sonrió como si supiera lo que decía.

–Tal vez no ahora, pero lo serás algún día. Según Catherine, tu padre es multimillonario. No es que piense que Jess sea una cazafortunas. Es una chica encantadora.

–En eso tienes toda la razón –afirmó Ben pensando que Leanne era una mala persona. De todas las chicas con las que había salido, Jess era la que menos estaría con él por su dinero. De hecho, su riqueza era un punto en contra. ¿Acaso no le había dicho que nunca se casaría con un hombre tan rico como él?

Fue un alivio que Andy le diera un golpecito en el hombro y le acercara a Catherine. Que lidiara él con la malicia de Leanne. Ben ya había tenido suficiente por una noche. Sin embargo, tuvo que sonreír al ver cómo Andy le devolvía a Leanne a Jay en menos de un minuto y se ponía a bailar con Jess.

Y eso le puso contento. No le importaba que Jess bailara con Andy. Pero no le había gustado nada que lo hiciera con Jay. No le había gustado que otro hombre la tuviera tan cerca.

Ben frunció el ceño al darse cuenta de lo posesivo que estaba empezando a ser respecto a Jess. No era propio de él mostrarse celoso. Siempre había despreciado aquel sentimiento, al que consideraba destructivo. Pero con Jess no tenía el control que solía ejercer sobre sus emociones. Ni tampoco sobre su cuerpo.

Se había pasado la noche luchando para no tener una erección, y finalmente había perdido la batalla al estrecharla entre sus brazos para bailar. Aunque no se le notaba. La chaqueta del esmoquin cubría la prueba de aquel deseo casi obsesivo. Pero él podía sentirla, maldición. No solo en la piel, sino también en la mente. Nunca había deseado a ninguna mujer como deseaba a Jess. Estaba deseando quitarle aquel vestido y hacerle todo lo que deseaba hacerle.

# Capítulo 15

GRACIAS a Dios que ya se han ido –murmuró Ben entre dientes cuando Andy y Catherine se marcharon en su coche, decorado para la ocasión. La feliz pareja iba a pasar la noche de bodas en una posada cercana muy estilosa, y menos mal, porque Andy había bebido mucho champán. Ben no había tomado ni una gota. Necesitaba tener la cabeza despejada y el cuerpo libre de intoxicaciones para los juegos que tenía en mente llevar a cabo con Jess aquella noche. Seguramente sería la última vez que podría disfrutar de ella de aquel modo.

La noche siguiente podría tener acceso total al apartamento de su madre en Blue Bay, ya que ella no regresaba hasta el lunes, pero tal vez Jess no quisiera pasar la noche con él allí. Estaba claro que todavía vivía con sus padres y tendría que darles cuentas. Al menos a su madre.

Pero mientras tanto...

Jess vio a Ben al final del grupo de invitados que habían salido a despedir a los novios. Durante la última hora había estado un poco distraído. No había hablado mucho. Ni tampoco había bebido. Ella había mantenido el consumo al mínimo, pero porque tenía que conducir. Ben no.

Cuando se acercó a él, Ben tenía el ceño fruncido.

–¿Por qué tienes esa cara? –le preguntó–. ¿Te duele el hombro?

–No –afirmó él mirándola de un modo extraño–. Estoy bien. Y más que dispuesto a darte unos azotes cuando llegue el momento.

Jess contuvo el aliento.

–¿Azotes? –repitió con tono convulso.

Se lo quedó mirando mientras trataba de dilucidar si la idea la excitaba o le resultaba repugnante.

–Creo que podrías disfrutar de la experiencia. Pero solo lo haré si tú quieres, Jess –continuó con aquel tono seductor que adoptaba con frecuencia–. Nunca te obligaría a hacer algo que no quisieras.

Pero ese no era el problema. El problema era que, una vez metidos en harina, quería que hiciera todo lo que quisiera. Ya se estaba preguntando entonces qué sentiría si le diera unos azotes.

Jess trató de actuar con frialdad aunque estuviera totalmente nerviosa.

–Lo... lo pensaré –dijo.

Y por supuesto, eso suponía un problema añadido. Cada vez que pensaba en hacer algo sexual con él, se excitaba. Ya lo estaba. Lo había estado toda la velada. Pero ahora la temperatura de su cuerpo y su deseo se habían disparado.

–Vamos –dijo Ben con brusquedad–. Salgamos de aquí.

Jess vaciló.

–Pero ¿no deberíamos despedirnos antes de la gente?

–¿De quién? Mañana veremos a Glen y a Heather antes de irnos. Podemos despedirnos entonces.

–Pero no veremos a los padres de la novia por la mañana. Deberíamos decirles adiós por educación.

Ben torció el gesto.

–Despídete tú si quieres. Te esperaré aquí. No tardes mucho.

Jess se dio la vuelta y volvió a la carpa. Tardó menos

de cinco minutos en despedirse apropiadamente y recoger el ramo. Ben seguía teniendo una expresión impaciente cuando regresó a su lado.

–¿Por qué has tardado tanto? –gruñó mientras la guiaba hacia el coche.

Jess no pudo disimular la exasperación y se detuvo en seco.

–Por el amor de Dios, Ben, ¿qué te pasa de repente? Estás actuando como un imbécil.

Él suspiró.

–Lo siento. Es que estoy impaciente por estar contigo a solas, eso es todo. ¿Tienes las llaves? –le preguntó cuando se acercaron al coche.

–Sí, por supuesto.

–Bien.

Jess se subió al coche, dejó el ramo en la parte de atrás y luego condujo. La única conversación que mantuvieron fue para hablar de cuál era el camino más corto para volver a la cabaña. Cuando Jess detuvo el coche frente al pequeño porche, tenía el estómago del revés y el corazón le latía con fuerza.

¿De verdad iba a dejar que le diera azotes?

Oh, Dios, pensó dejando escapar un suspiro de pánico.

Ben lo escuchó y entendió la razón que lo había provocado.

–No estés nerviosa –le dijo con dulzura.

–Lo estoy un poco. Nunca antes me han dado azotes.

–Lo entiendo. ¿Y alguna vez te han atado?

Jess abrió los ojos de par en par.

–No. Yo... creía que esas cosas solo se hacían en los burdeles.

–A mucha gente le gustan los juegos eróticos. Eso es lo que estoy sugiriendo. Nada serio. No se trata de humillar ni de hacer daño. Solo quiero darte placer, Jess. Puedes decir que no en cualquier momento cuando algo no te guste.

–Pero... pero puede que no sepa si me gusta o no hasta que lo hayas hecho.

–Entiendo –Dios, era maravillosa. Y deliciosa. La deseaba locamente–. Te prometo que me lo tomaré con mucha calma. Te daré tiempo para decir que no antes de que la cosa vaya demasiado lejos.

–Oh, de acuerdo.

–Vamos.

Primero la llevó al baño y allí la desnudó despacio, como había prometido. Los pezones erectos dejaban en evidencia que estaba disfrutando de verdad. Hasta el momento. Contuvo el aliento cuando Ben le pellizcó uno de los rosados picos, y gimió cuando repitió la operación en el otro.

–¿Todavía están sensibles? –preguntó él mientras se quitaba rápidamente la ropa.

–Un poco –confesó Jess temblorosa–. Pero no demasiado.

–Bien –Ben se quitó el reloj y lo dejó sobre la cómoda.

Jess recordó que la noche anterior no se lo había quitado. Pero la noche anterior no le había dado unos azotes.

El corazón le dio un vuelco.

–Primero nos daremos una ducha juntos –ordenó Ben–. Pero no me puedes tocar, preciosa. Eres demasiado buena con las manos.

Ben le dio la vuelta mientras la aseaba, haciéndola gemir cuando la frotó suavemente con la esponja entre las piernas. Cuando apagó el agua y la giró hacia él, supo que estaba dispuesta a hacer cualquier cosa que le pidiera. Le brillaban los ojos y tenía los labios entreabiertos.

Ben pensó que nunca la había visto tan guapa ni tan deseable. Pensó en pasar de los juegos para disfrutar directamente del sexo, pero tenía la impresión de que Jess anhelaba ahora vivir la experiencia. Ben confió en ser capaz de controlarse en aquel juego que normalmente duraba bastante.

Salió de la ducha y agarró los dos albornoces blancos que había colgados detrás de la puerta. Se puso uno y le pasó el otro a Jess.

—Póntelo –le ordenó.

Ella lo hizo sin pestañear.

—No, no te lo ates –Ben tiró del cinturón y lo sacó de las trabillas antes de enrollarlo en la mano izquierda.

La tomó de la mano y la guio hacia el dormitorio. Jess temblaba cuando llegaron a la esquina de la cama. Pero Ben estaba seguro de que ya no era por los nervios.

—Seguramente ya estés seca. No necesitas el albornoz.

—Pero tú tienes todavía el tuyo puesto –protestó ella.

—Esa es la idea.

Al ver que dudaba, Ben se inclinó y le dijo al oído:

—No tienes que ponerte a pensar, Jess. Lo que tienes que hacer es tumbarte en esa cama y dejar que te dé placer.

A ella se le aceleró la respiración mientras se quitaba obediente el albornoz y se tumbaba sobre la cama apoyando la cabeza en la almohada.

—No, así no –dijo Ben dándole la vuelta–. Si quieres que pare, solo tienes que decírmelo.

Jess no dijo nada, se limitó a hundir la cara en la almohada. Ben le agarró con delicadeza las manos y se las puso a la espalda. Luego le ató las muñecas con el cinturón del albornoz. No muy fuerte, solo lo suficiente para que se sintiera atada y a su merced. Ese era el punto, por supuesto. Aquello era lo que la excitaría al máximo. Finalmente, le quitó la almohada de la cara y se la puso bajo las caderas, levantándole las nalgas de un modo invitador y erótico.

Cuando Ben dio un paso atrás para examinar su trabajo, la visión de Jess en aquella postura le dejó sin respiración. Dios mío, qué sexy estaba. Y se hallaba completamente a su merced. Era una combinación embriagadora. Y aunque tenía una erección completa, de pronto ya no le preocupaba tanto su propia satisfacción, sino cómo se sentía Jess. Le daba miedo que pudiera decirle que no a aquellas alturas.

–¿Estás bien, Jess? –le preguntó con dulzura–. ¿Quieres que siga?

# Capítulo 16

¿ESTABA loco? Se moriría si no seguía. No había estado tan excitada en su vida.

–Estoy bien –afirmó con voz ronca–. No te pares, por favor.

Ben soltó una carcajada breve y sexy.

–Tus deseos son órdenes para mí.

Eso sí que tenía gracia, pensó Jess. Era él quien daba las órdenes. Pero a ella le encantaba.

–Solo es un juego, Jess –le recordó ahora–. Puedes detenerme en cualquier momento, ¿de acuerdo?

–De acuerdo –murmuró ella.

El primer azote de su mano derecha en la nalga izquierda hizo que contuviera el aliento, pero no por el dolor, sino por el asombro. Aunque sí le ardió un poco. Jess hundió la cara en la colcha, decidida a no gritar. Siguió otro azote. Y luego otro. La mano de Ben fue de izquierda a derecha con un ritmo lento e incesante hasta que tuvo las nalgas en llamas. Y rojas, sin duda. Y aunque le ardía el trasero y estaba incómoda, no quería que parara. Había algo exquisitamente placentero en aquella experiencia. Jess aguantaba la respiración entre azotes anticipándose al contacto de la mano de Ben sobre su piel y mordiéndose el labio inferior cada vez. Los azotes empezaron a espaciarse, el tiempo de espera se extendió hasta que estuvo a punto de suplicar por más. Cuando finalmente Ben se detuvo del todo, ella gimió frustrada.

–Ya es suficiente –afirmó Ben.

Pero no la desató. Lo que hizo fue tumbarse a su lado en la cama. Cuando giró la cabeza para mirarlo, vio que estaba completamente desnudo.

–Dime, ¿qué te ha parecido? –le preguntó Ben.

–Lo que me ha parecido –jadeó ella–, es que, si no me haces el amor en los próximos diez segundos, eres hombre muerto.

Ben sonrió.

–No estás en posición de dar órdenes, ¿no es así, querida Jess?

–Por favor, Ben –suplicó ella.

–Si insistes...

Jess no podía creer que no la desatara al principio. Se limitó a abrirle las piernas y luego se colocó entre ellas. Jess gimió cuando se frotó contra su cuerpo.

–Estás muy húmeda –murmuró él.

Ben estaba a punto de perder el control. Había llegado el momento de ponerse el preservativo, antes de que las cosas se le fueran de las manos.

Gracias a Dios, Andy le había proporcionado reservas, así que tenía uno a mano.

Jess gritó cuando la penetró y agitó con frenesí el trasero contra él con una urgencia que denotaba un cruel nivel de frustración. Ben no estaba mucho mejor, la agarró de las caderas y marcó un ritmo salvaje, olvidándose de todo excepto de lo que su cuerpo estaba sintiendo en aquel momento. El calor. El deseo exacerbado. La locura de todo aquello. El repentino y violento clímax de Jess solo precedió al suyo por un segundo o dos.

Jess se quedó después tumbada, asombrada y completamente satisfecha. Comenzó a sentir una languidez en las extremidades y los párpados se le fueron volviendo más y más pesados. Ben estaba tumbado boca arriba y ahora respiraba profundamente. Jess quería mantenerse despierta. Pero no podía decirle que no al sueño. Llegó al instante, cuando todavía tenía las manos atadas.

Ben también se quedó dormido.

Se despertó él primero, confundido durante un instante sin saber dónde estaba. Y luego lo recordó todo.

Soltó un gemido de culpabilidad. ¿Cómo era posible que la hubiera dejado así? No se despertó cuando la desató con sumo cuidado. Se estiró levemente cuando sacó la almohada de debajo de sus caderas, pero gracias a Dios no se despertó. Se puso en posición semifetal. Ben le cubrió el delicioso trasero con una sábana y se dirigió al cuarto de baño.

Se dio una ducha rápida y regresó al dormitorio. Se quedó al lado de la cama con la vista clavada en el cuerpo de Jess. Supuso que no debía sentirse culpable de nada; Jess había disfrutado. Nunca tenía la certeza absoluta de que sus novias cumplieran sus deseos sexuales porque estaban en la misma onda que él o porque era el hijo y heredero de Morgan De Silva. Con Jess no tenía esas dudas. Maldición, ojalá viviera en América.

Tal vez pudiera pedirle que se fuera con él. Podría conseguirle un trabajo y un apartamento bonito. O incluso podría pedirle que se fueran a vivir juntos.

Ben frunció el ceño ante aquel último pensamiento. Su padre le había advertido que nunca hiciera aquello, llevarse a una mujer a vivir con él. A menos que estuvieran casados. Por mucho que Jess afirmara que nunca se casaría con un hombre rico, no había visto el estilo de vida que Ben tenía en Nueva York. Su apartamento tenía vistas a Central Park y contaba con una piscina en la azotea y un gimnasio completamente equipado con spa. Tenía un vestidor lleno de trajes de marca y zapatos hechos a mano, un Ferrari en el garaje y una cuenta corriente que le permitía cenar en los mejores restaurantes de Nueva York. También tenía acceso al jet privado de la empresa, que lo llevaba a pasar el fin de semana a Acapulco en verano y a esquiar en Aspen en invierno.

Aquel estilo de vida podía corromper a la chica más sencilla, sobre todo si nunca había vivido semejante lujo.

No, sería mejor no pedirle a Jess que se fuera a América con él. Lo mejor sería seguir con el plan original: tener una aventura con ella y dejarlo así. No estaba enamorado de Jess. Solo le gustaba y la admiraba mucho. Y la deseaba locamente. Ya tenía otra erección que le tentaba a subirse otra vez a la cama y despertarla. No creía que a ella le fuera a importar.

Ben se protegió primero y luego se metió bajo las sábanas y se acurrucó a su espalda al estilo cuchara. Jess se estiró al instante, apretándose contra él cuando empezó a acariciarle los senos. Estaba claro que los seguía teniendo muy sensibles, así que bajó un poco más y le acarició el vientre y luego los muslos.

–Sí, por favor –susurró ella cuando se apretó contra su sexo, todavía húmedo.

Ben sintió una oleada de ternura al deslizarse en su interior. Dios, nunca había sentido nada parecido con ninguna chica. Era tan dulce y tan sexy al mismo tiempo... era única. Se tomó su tiempo y marcó un ritmo lento. Disfrutó de los sonidos que Jess emitía, de cómo se retorcía contra él. Y entonces, cuando supo que estaba a punto de llegar al orgasmo, la acarició del modo que sabía que ella llegaría también.

Alcanzaron juntos el clímax. Ben se sorprendió al experimentar otra oleada de emoción. Esta vez no fue solo ternura, sino algo más profundo. Mucho más profundo. La estrechó con fuerza entre sus brazos y se preguntó si no estaría a punto de enamorarse.

# Capítulo 17

JESS se despertó cuando Ben le sacudió el hombro, y también por el sonido del teléfono.

—Estaba en la cocina preparando café cuando empezó a sonar —le explicó él pasándoselo.

Jess trató de agarrar el teléfono, sentarse y cubrirse los senos desnudos a la vez, pero no lo consiguió.

¿Qué diablos?, pensó desesperada. Ni que Ben no le hubiera visto los senos antes. Y, sin embargo, de pronto sentía vergüenza delante de él. Supuso que no todos los días se levantaba una con semejantes recuerdos. En cierto modo le parecía irreal. ¿De verdad la había atado y le había dado unos azotes? Estaba claro que sí, a juzgar por lo sensible que tenía el trasero.

—Es mi madre —dijo tratando de sonar natural—. ¿Te importa? —le hizo un gesto para que se fuera.

Ben sonrió, se dio la vuelta y salió del dormitorio. Gracias a Dios. Aquel diablo de hombre estaba completamente desnudo. Estaba claro que él no sufría de timidez.

—Hola, mamá —dijo Jess al teléfono—. Es un poco temprano, ¿no? Acabo de despertarme. ¿Te importa que te cuente de la boda cuando llegue a casa?

—Supongo que no. Pero también te llamaba para recordarte que hoy es el día de la barbacoa familiar. Pensé que a lo mejor te habías olvidado.

Y así era. Era una tradición que se celebraba una vez

al mes, cuando la familia se reunía en casa de sus padres.

—Estaba pensando que podrías decirle a Ben que viniera. A tu padre y a mí nos encantaría conocerle.

Lo que significaba que su madre quería ver qué aspecto tenía. Su madre era una mujer muy intuitiva, y seguramente habría captado algo en su tono de voz.

—Se lo diré, mamá —accedió Jess—. Pero no te garantizo que diga que sí. Tal vez quiera irse a su casa después de un viaje tan largo.

—Entiendo. Bueno, ¿qué te parece si me llamas cuando pares y me dices si Ben viene o no?

—Lo haré. Ahora tengo que irme, mamá.

—Antes de irte, ¿qué tal la boda? ¿No ocurrió ningún desastre relacionado con la ley de Murphy?

—Todo salió perfecto, mamá —aseguró Jess—. Te llamaré más tarde. Adiós.

Jess se levantó y se metió rápidamente al baño, donde la visión de su vestido rosa de dama de honor colgado en la bañera le recordó al escenario de sumisión que Ben había insistido en crear. Ahí fue cuando comenzó su pérdida de voluntad, por supuesto. En aquella ducha. Para cuando Ben cerró el agua, estaba tan excitada que podría haber hecho cualquier cosa con ella.

La velocidad con la que se había convertido en una esclava sexual sumisa era alarmante. Entonces, ¿por qué no estaba alarmada? Tal vez porque debajo de todo aquel juego de dominación, Ben era un buen hombre. Un hombre decente. Jess estaba convencida de que nunca la haría daño. No había más que ver cómo le había hecho el amor por la noche, de forma dulce y suave. Jess había disfrutado de aquella vez más que en otras ocasiones. Y había habido bastantes hasta el momento, pensó. Ben parecía incapaz de mantener las manos alejadas de ella.

Tras darse una ducha rápida, Jess se puso en el trasero un poco de crema hidratante que encontró en la cómoda. Todavía le ardía un poco, aunque no demasiado. Luego se cepilló los dientes, se recogió el pelo en una coleta y corrió a la otra habitación para agarrar ropa limpia: unos vaqueros blancos y una camiseta de tirantes azul y blanca. Se calzó unas sandalias blancas y se dirigió a la cocina. Por fortuna, Ben llevaba ahora el albornoz blanco que antes estaba en el suelo del dormitorio. Estaba sentado a la mesa con una tostada y un café delante.

–Creo que tu madre te quiere sonsacar –aseguró.

–Seguramente. Es difícil que se le escape algo –reconoció Jess–. Quería saber cómo había salido la boda. Y también quería invitarte esta noche a nuestra barbacoa familiar.

Ben alzó las cejas.

–¿Tú quieres que vaya, Jess?

Ella se encogió de hombros.

–No creo que te fueras a divertir mucho. Mi madre te interrogaría, y mi padre seguramente te sometería al tercer grado si pensara que estabas interesado en mí.

–Y lo estoy.

A Jess le molestó que dijera aquello. Porque no estaba realmente interesado en ella. Solo quería seguir practicando el sexo mientras estuviera en Australia. Sí, Ben era básicamente un hombre bueno, pero también era mimado y egoísta. Aunque eso no era culpa suya, por supuesto. Había nacido guapo y rico, y ambas cosas suponían factores de corrupción. Seguramente habría desarrollado el gusto por las perversiones porque había practicado demasiado sexo en su vida y se había aburrido de hacer el amor a la manera tradicional.

Jess suspiró.

–Sinceramente, creo que no deberías ir.

–¿Por qué?

–Por las razones que acabo de darte.

–Pero quiero conocer a tus padres.

Jess puso los ojos en blanco.

–Por el amor de Dios, ¿por qué?

–Porque quiero pedirles que te den esta semana libre para que podamos ir a Sídney y trabajar juntos en Fab Fashions. He pensado que podríamos quedarnos allí en lugar de tener que conducir todos los días por la autopista. Mi madre tiene un apartamento en Bondi que podríamos usar.

Jess no supo qué decir. Ella quería ir, por supuesto. Quería tener la oportunidad de hacer algo por Fab Fashions. Y sí, quería pasar más tiempo a solas con Ben. Pero en el fondo, en el lugar reservado para las decisiones difíciles, sabía que, si lo hacía, se implicaría más emocionalmente con él.

–No... no sé, Ben –murmuró vacilante apartándose para prepararse un café–. Como tú mismo dijiste, seguramente no hay forma de arreglar Fab Fashions. Sería una pérdida de tiempo.

–No estoy de acuerdo. Hablaremos de ello en el camino de regreso a casa y pensaremos en un nombre nuevo, uno que suponga un éxito de marketing. Porque tienes razón, Jess. Las empresas como la nuestra no deberían largarse cuando las cosas se ponen difíciles. Podemos permitirnos sufrir algunas pérdidas durante un tiempo, sobre todo si la alternativa es que haya gente que pierda su trabajo.

Jess quería creer que hablaba en serio. Pero le costaba. Empresas como De Silva y Asociados solo buscaban beneficios. No les importaba nada la gente corriente. Y eso era ella. Gente corriente.

Jess terminó de preparar el café y lo llevó a la mesa.

–Lo siento, Ben –dijo sentándose en una silla–. Pero

prefiero no hacerlo. Soy mecánica, no experta en marketing.

–Entonces, ¿no vas a luchar por Fab Fashions?

–Ya te conté lo que no iba bien del negocio. Eres un hombre inteligente. Me pondré la capa de las ideas en el camino de regreso a casa y pensaré un nombre que pueda funcionar. Luego dependerá de ti.

Ben se la quedó mirando durante un largo instante y luego se encogió de hombros.

–Como quieras –dijo–. Pero no me importaría ir a esa barbacoa, Jess.

–No, Ben, yo prefiero que no vengas.

Él frunció el ceño.

–¿Y eso?

–No quiero que mis padres se enteren de lo que hemos estado haciendo este fin de semana. Y se enterarán. A mi madre le bastará con vernos juntos para saberlo.

–Somos adultos, Jess. No es ningún crimen que tengamos relaciones sexuales.

–No, pero no es propio de mí meterme tan rápidamente en la cama de un hombre. Seguramente mi madre llegará a la conclusión equivocada.

–¿Y qué conclusión es esa?

–Que me he enamorado locamente.

Una vez más, Ben se la quedó mirando largamente.

–Doy por hecho que eso no ha pasado, ¿verdad?

–Sabes perfectamente que no. Hemos tenido un fin de semana sucio, eso es todo –no era propio de ella describir su fin de semana en aquellos términos, pero después de todo, era la verdad.

–Yo no lo veo así, Jess. Me gustas. Mucho. Y quiero verte más.

–Lo que quieres es tener más sexo pervertido conmigo mientras estés en Australia.

Ben frunció el ceño en gesto disgustado.

–Haces que todo suene sucio. Sí, por supuesto que quiero tener más sexo contigo, pero no solo sexo perverso. También me gusta hacer el amor contigo de forma más tradicional. Y quiero pasar tiempo contigo fuera de la cama.

Jess soltó una carcajada amarga.

–Sí, ya me he dado cuenta de que también te gusta hacerlo fuera de la cama.

Los azules ojos de Ben brillaron frustrados.

–Muy graciosa. Solo recuerda que fuiste tú quien declinó mi oferta de trabajar juntos en Fab Fashions.

–Podré vivir con ello. Con lo que no puedo vivir es con que me tomes por una idiota.

Ben se puso muy recto en la silla. Tenía una expresión furiosa.

–Nunca he hecho nada semejante. Creo que eres una de las mujeres más inteligentes que he conocido en mi vida. Y la más obstinada. Supongo que, si te pido que vengas a Nueva York conmigo, me dirás también que no.

Jess no podía estar más sorprendida. Tanto que se quedó sin palabras.

–¿Y bien? –le espetó Ben al ver que no decía nada–. ¿Qué contestarías a esa oferta?

Jess aspiró con fuerza el aire y luego lo dejó escapar muy despacio.

–Te diría que muchas gracias pero no. Mi vida está aquí, en Australia. No sería feliz en Nueva York.

–¿Cómo lo sabes?

–Sencillamente, lo sé.

Ben la miró ahora con desesperación.

–La mayoría de las chicas no dejaría pasar la oportunidad. Por el amor de Dios, Jess, no tendrás que pagar por nada. Podrías quedarte en mi apartamento y pasar las mejores vacaciones de tu vida.

La palabra «vacaciones» reafirmó lo que Jess ya sabía. No estaba interesado seriamente en ella. Y nunca lo estaría. Ben ya había dicho que no quería casarse. Solo se estaba divirtiendo, y con el tiempo se cansaría de ella.

–¿No podríamos dejar las cosas como están, Ben? Estaré encantada de salir contigo mientras estés aquí. Me gustas mucho, pero no quiero ir a América contigo.

Ben supuso que debería haberse sentido aliviado de que no aceptara su impulsiva oferta. Pero no era así. Se sentía decepcionado. Quería enseñarle Nueva York, quería que se lo pasara como nunca.

–De acuerdo –murmuró.

–Por favor, no me consideres una ingrata –continuó Jess mirándole con cariño–. Ha sido una oferta muy generosa. Pero es mejor que me quede aquí, en Australia.

Ben suspiró y luego sonrió.

–Bueno, pero mañana por la noche cenamos juntos, ¿de acuerdo?

Ella sonrió también.

–Por supuesto. ¿Dónde vas a llevarme?

–No tengo ni idea. Le preguntaré a mi madre cuando vuelva mañana. Ella conoce los mejores sitios de la zona. Pero tendrás que venir a buscarme. No puedo conducir hasta que consiga el alta médica. Con suerte, el martes ya la tendré y podré conducir el coche de mi madre.

–Entonces, ¿tu madre estará allí cuando pase a recogerte? –preguntó Jess con cierto pánico.

–Sí, pero no te preocupes. Mi madre es muy simpática, a pesar de todo.

–¿Qué quieres decir con eso?

–Te lo explicaré en el camino de regreso –dijo Ben, pensando que no tendría que haber hecho aquel comentario tan revelador.

Pero ya era demasiado tarde. Además, así tendrían

algo de qué hablar. Contarle a Jess las proezas de su madre a lo largo de los años le llevaría tiempo.

–Iré a ducharme y a afeitarme mientras tú desayunas. Luego deberíamos ponernos en marcha.

# Capítulo 18

CUANDO se pararon en Sandy Hollow para comer, Jess entendía ya mucho mejor por qué Ben no estaba interesado en el matrimonio. Descubrir que tu madre se había casado con tu padre por el dinero debía de ser un golpe duro. De todas formas, había sido una buena idea que su padre no le contara nada hasta que Ben cumplió los veintiún años. Así había podido crecer queriendo a su madre, quien, a pesar de ser materialista, había sido claramente una buena madre para él.

En cualquier caso, sus acciones habían provocado que su hijo perdiera la fe en las relaciones con el sexo opuesto. Teniendo en cuenta que algún día sería tan rico como su padre, Ben siempre buscaría en sus novias alguna señal para saber si eran unas cazafortunas. Debía de ser una vida difícil.

Y también explicaba por qué Ben se centraba en el sexo cuando estaba con una chica que le gustaba. El sexo era un lugar seguro, sobre todo el tipo de sexo que Ben practicaba. Aquella dinámica mantenía a sus novias alejadas, tanto física como emocionalmente. Jess se dio cuenta de que la única vez que habían mantenido relaciones sexuales cara a cara fue cuando ella se puso encima. Pero incluso entonces, Ben adoptó el papel de mirón y no el de un compañero amoroso.

–Ni tu padre ni tu madre se han vuelto a casar –señaló Jess cuando estuvieron sentados en el restaurante tomando un sándwich de carne con ensalada–. ¿Por qué crees que no lo han hecho?

Ben se encogió de hombros.

–Mi madre siempre decía que se volvería a casar si se enamoraba. Pero no creo que eso pase, teniendo en cuenta la clase de hombres con los que sale. Tipos jóvenes y guapos sin mucho cerebro. A mi madre le gusta la inteligencia cuando sale de la cama.

Jess trató de no mostrar asombro por el modo en que hablaba de la vida sexual de su madre.

–Pero ¿quién sabe? El tipo con el que se ha ido de crucero parece distinto. No es tan joven y además trabaja. Me enteraré de más cosas cuando vuelva mañana a casa. En cuanto a mi padre... tal vez suene absurdo, pero creo que mi madre es la única mujer a la que ha amado. Aunque no te creas, le fue infiel durante el matrimonio. Al parecer tenía varias amantes. Todavía hay muchas mujeres detrás de él aunque tenga sesenta y cinco años y no sea el hombre más guapo del mundo. El dinero es un poderoso afrodisíaco –añadió con ironía.

Jess suspiró.

–Ahora entiendo por qué no te quieres casar.

–¿Qué? –preguntó Ben con asombro–. Yo nunca he dicho que no me quiera casar.

Ella frunció el ceño.

–Claro que sí. Cuando te pregunté por qué rompiste con Amber me dijiste que ella quería casarse y tú no.

–Con ella no. No la amo. Eso no significa que no me lo llegara a plantear con otra persona.

–Ah –Jess estaba impactada por el cambio de rumbo de los acontecimientos. Pero aquello no cambiaba nada. Aunque Ben se planteara alguna vez casarse, no lo haría con una chica normal y corriente como ella.

Ben se quedó mirando a Jess y se preguntó si aquella

sería la razón por la que se había negado a ir a Nueva York con él. Porque quería casarse y pensaba que él no. Aunque Ben no estaba pensando en declararse. A pesar de que nunca había sentido nada tan fuerte por ninguna chica.

En aquel momento decidió que a finales de semana volvería a pedirle que fuera a Nueva York con él. Mientras tanto se lo haría pasar como nunca por las noches. Y sí, tal vez incluso hiciera algo por Fab Fashions entre bastidores.

–¿Estás completamente segura de que no quieres que vaya a la barbacoa de tu familia? –le preguntó antes de darle un mordisco a su sándwich.

Jess se sentía tentada. Ben podía verlo.

–Te prometo que me portaré muy bien –añadió.

Ella se rio.

–No eres tú quien me preocupa, sino mi madre.

A Ben no le importaba nada que su madre se diera cuenta de que se acostaban. Las madres nunca habían sido un problema para él. Normalmente les caía bien.

–Voy a ir a esa barbacoa –afirmó entonces Ben–. Y no hay nada más que decir. Y ahora hablemos del nuevo nombre de Fab Fashions. He estado pensando. ¿Qué te parece Real Women? Sería en sí mismo una buena campaña. Ropa para mujeres de verdad y todo eso.

Ahí estaba otra vez el hombre de acción, pensó Jess. Primero le decía que iba a ir y luego cambiaba de tema.

No tuvo más remedio que sonreír. Era un hombre muy inteligente.

–Creo que es un nombre estupendo –afirmó–. Me encanta.

Siguieron comiendo en silencio durante unos instantes.

–La carne estaba muy buena –aseguró Ben limpiándose la boca con una servilleta de papel.

–Mi padre hace unos filetes a la barbacoa mucho mejores –comentó ella.

–En ese caso, me reservaré para más tarde.

–No dejes que mis hermanos te den demasiada cerveza.

–¿Por qué? ¿Te da miedo que luego no cumpla cuando me lleves a casa?

–¿Cómo? ¡Por supuesto que no! ¿No has tenido suficiente sexo este fin de semana?

–El sexo nunca es suficiente.

–Sí, cuando implica que te azoten el trasero –Jess bajó la voz para que los de la mesa de al lado no pudieran oírlo.

Ben frunció el ceño.

–Lo siento. Anoche me dejé llevar un poco. En ese caso, hoy puedes tomarte el día libre.

Jess trató de enfadarse con él, pero no fue capaz. Se limitó a sonreír.

–Algún día, Ben De Silva, alguna mujer te mandará a freír espárragos.

Él asintió.

–Puede que tengas razón. Y me da la sensación de que esa mujer está sentada frente a mí.

«Ojalá», pensó Jess. Pero se limitó a reírse y se terminó el café. Diez minutos más tarde estaban otra vez en la carretera de regreso a casa. Entraron en la autopista justo después de las tres y media.

# Capítulo 19

LA CASA de Jess era más grande de lo que Ben esperaba, se trataba de una construcción familiar de dos plantas en ladrillo rosado, con un cobertizo enorme situado en el prado de al lado. Sin duda se trataba del taller, y además hacía las veces de garaje para los coches de alquiler. El terreno que rodeaba la casa era también mayor de lo que ven esperaba, al menos cinco acres. Era una finca muy bonita, con jardines bien cuidados, zonas de césped y árboles.

Jess llevó el coche hacia la entrada y lo dejó sobre la gravilla, al lado de la casa. El reloj marcaba las cuatro cuando se bajaron. Jess le había dicho que la barbacoa empezaría sobre las cinco, así que tenían tiempo antes de que llegaran sus hermanos con sus familias.

–Qué sitio tan bonito –afirmó Ben.

Jess sonrió.

–A nosotros nos gusta. Mi madre estará en la cocina, preparando las ensaladas. Ven a conocerla.

–Supongo que eso es la oficina –dijo cuando pasaron por delante de una especie de garaje con puertas corredizas en las que se leía *Alquiler de coches Murphy* en legras negras.

–Sí –dijo Jess–. Estos son los dominios de mi madre. Mamá, estamos aquí –exclamó abriendo la puerta de entrada.

Una mujer apareció al final del recibidor. Era más bajita que Jess y un poco más oronda.

–Vaya, qué rápido. No os esperaba al menos hasta las cuatro y media.

Ben la vio con más claridad cuando se acercó. No se parecía en nada a Jess, tenía el pelo rubio ceniza y los ojos azules, aunque resultaba atractiva para su edad.

–Hola –dijo la mujer sonriendo mientras le miraba de arriba abajo–. Tú debes de ser Ben.

–Y usted debe de ser la señora Murphy –contestó él inclinándose para darle un beso en la mejilla–. Encantado de conocerla.

La expresión de su madre era la de una fan de una estrella de rock al ver a su ídolo. Jess no daba crédito.

–Oh, puedes llamarme Ruth.

Jess se consoló pensando que no podría encandilar tan fácilmente a su padre. Joe Murphy era duro de pelar. No le iba a impresionar un tipo de Nueva York que nunca se había ensuciado las manos.

–De acuerdo, Ruth –Ben sonrió y mostró la blancura brillante de sus dientes–. ¿Serías tan amable de indicarme dónde está el cuarto de baño más cercano?

Su madre no se lo indicó, sino que le acompañó personalmente al servicio que había al lado del salón y dejó a Jess en el recibidor más sola que la una.

Jess suspiró y luego subió las escaleras para ir al baño de la habitación principal. Cuando volvió a bajar, Ben estaba acomodado en uno de los taburetes de la cocina, charlando animadamente con su madre mientras ella seguía preparando las ensaladas.

–El nombre que se le ha ocurrido a Ben para Fab Fashions es estupendo, ¿verdad? –le hizo un gesto a Jess para que se uniera a ellos.

–Sí, fantástico –reconoció Jess. Ben la miró con ojos entornados. ¿Habría captado el sarcasmo en su tono de voz?

–Tal vez puedas recuperar pronto tu trabajo allí –continuó Ruth.

–Nunca se sabe, mamá. Supongo que papá está en el cobertizo trabajando en el Cadillac azul, ¿verdad?

–Sí, ayer llegaron por fin los asientos. Lleva todo el día trabajando en él.

–Creo que debería llevar a Ben a conocer a papá antes de que lleguen los demás, ¿no crees?

–Pero acabo de poner el agua a hervir para el té. Ben dice que prefiere el té al café. Igual que yo.

–No tardaremos mucho, mamá –dijo Jess mirando a Ben de un modo que no dejaba espacio para la protesta.

Ben se bajó del taburete y la siguió hasta que salieron por la puerta.

–Eres mandona y controladora –le dijo mientras avanzaban hacia el cobertizo.

–Y tú eres un encantador de serpientes –le espetó ella–. Te sugiero que contengas tus encantos con mis cuñadas. Los Murphy son muy celosos.

–¿Las mujeres también?

–También. Así que ándate con ojo.

–Me gusta que estés celosa.

–Claro que te gusta. Tienes un ego que no te cabe en el cuerpo.

Su padre escogió aquel momento para salir del cobertizo secándose las manos en un trapo.

–Me ha parecido escuchar a alguien –dijo avanzando–. Tú debes de ser Ben –le tendió la mano.

Ben se la estrechó y pensó que de ahí le venía a Jess su belleza. Joe Murphy era un hombre muy guapo, de pelo negro y grueso con algunas canas y ojos marrones y profundos que en aquel momento lo observaban con detenimiento a él.

–Bueno, ¿y qué tal el fin de semana? –miraba a Ben, no a Jess–. ¿Salió bien la boda al final?

–Todo fue perfecto gracias a la ayuda de Jess.

–Sí, Ruth me lo contó todo. Bueno, tengo que terminar esto y luego ir a asearme.

–¿Puedo ayudarle, señor Murphy?

–Lo dudo. Estoy colocando asientos nuevos en un viejo Cadillac descapotable que he comprado. A los chicos les gusta alquilar ese tipo de coches para la noche de su graduación.

–Hubo un tiempo en que mi padre coleccionaba coches antiguos. ¿Qué modelo de Cadillac es?

Jess no se lo podía creer. Los dos hombres entraron juntos en el cobertizo hablando de coches. Ella se dio la vuelta echando humo y volvió a la casa tratando de controlar la desesperación.

–¿Dónde está Ben? –le preguntó su madre sin más preámbulo cuando Jess entró en la cocina.

–Ayudando a papá con el Cadillac, ¿te lo puedes creer? Pero, si estás preparando té, yo sí me tomaré una taza.

–¿Puedes servírtela tú misma, cariño? Tengo que ir a arreglarme un poco. No puedo ir así vestida con un invitado como Ben.

–Solo es un hombre, mamá, no una estrella de cine.

–Bueno, pues parece una estrella de cine. Ya sé que dijiste que era guapo, pero nunca imaginé que lo sería tanto. Nunca había conocido a un hombre así, y apuesto a que tú tampoco. ¿Ha pasado algo entre vosotros este fin de semana que yo deba saber?

Jess trató de mantener un gesto inexpresivo.

–¿A qué te refieres?

–Ya lo sabes.

–Mamá, yo creo que mi vida sexual es asunto mío, ¿no te parece?

Su madre la miró durante un largo instante antes de sonreír.

–Por supuesto que sí. Eres una mujer adulta. Pero déjame decirte que no te culpo, cariño. Si yo tuviera treinta años menos habría hecho exactamente lo mismo.

Jess se quedó mirando a su madre mientras se iba. Esperaba que la sometiera al tercer grado, o su desaprobación, ¡o algo! Desde luego, no esperaba que su madre aprobara a Ben sin reservas.

Jess suspiró. Aquel hombre era un diablo. Incluso a su padre la caía bien. Sin duda toda la familia caería bajo su hechizo en cuestión de minutos.

# Capítulo 20

BEN estaba ayudando a Joe con la barbacoa cuando Jess se unió a ellos llevando en brazos un enorme gato blanco y negro.

–No le estarás sirviendo demasiada cerveza a Ben, ¿verdad, papá? –dijo Jess con un tono cariñoso que Ben no se imaginaba utilizando con su propio padre. Ni con su madre tampoco. Pensaba que tenía una buena relación con los dos, pero al ver a Jess interactuar con sus padres se había dado cuenta de muchas cosas.

Y también al verla con el resto de su familia. Era cálida con ellos, cariñosa y considerada, cuando llegaron les preguntó cómo estaban con auténtico interés. Ben vio que los quería mucho, y ellos también a ella. Los niños la rodeaban intentando llamar su atención. Incluso el gato la quería.

–Los chicos quieren que Ben juegue al críquet con los niños y con ellos –dijo Jess–. Yo ocuparé su lugar aquí –se ofreció antes de dejar al gato en el suelo.

–¿Sabes jugar al críquet? –preguntó Joe mientras Jess se hacía con el tenedor para dar la vuelta a la carne–. No es un deporte muy popular en América.

Ben sonrió. Había sido capitán del equipo de su escuela, pero sería mejor no mencionarlo para no parecer presumido.

–No olvides que he estudiado en un internado australiano, Joe. Allí los deportes son esenciales. Jugábamos al fútbol en invierno y al críquet en verano.

–De acuerdo, pues entonces ve. Pero procura no lanzar la bola hacia aquellos matorrales. He perdido la cuenta de todas las que hemos perdido a lo largo de los años.

Ben se mordió la lengua. No tenía necesidad de hacerse el listillo.

Jess vio cómo Ben se alejaba con una sonrisa en los labios. Estaba segura de que Ben jugaría de maravilla al críquet, porque era excelente en todo lo que hacía. Era un hombre excepcional con grandes habilidades sociales.

Todavía estaba asombrada de cómo había sabido por instinto de qué hablar con cada uno de los miembros de la familia. Habló de coches con su padre, de deportes con sus hermanos y de avances tecnológicos con sus inteligentes cuñadas. No mencionó su riqueza en ningún momento ni adquirió el papel de invitado de honor. Se mostró encantado de ayudar con la comida y de beber cerveza. Jess imaginó que su vida social en Nueva York sería muy distinta. Iría a restaurantes elegantes y a fiestas glamurosas donde comería caviar y bebería el champán más caro. Jess frunció el ceño. Ella no se sentiría cómoda con aquel tipo de vida. Era una chica sencilla con ilusiones sencillas, como el amor, el matrimonio y la familia. No estaba hecha para la gran vida.

Aquellos pensamientos renovaron su decisión de no ir a Nueva York con él, si es que volvía a pedírselo.

La barbacoa terminó pronto porque los niños más pequeños estaban cansados y los mayores tenían que ir al colegio al día siguiente. Sin embargo, Ben parecía reacio a marcharse. Ayudó a recoger y se tomó una última cerveza con su padre. Cuando Jess consiguió por fin sacarlo de allí eran ya más de las diez.

–Tienes una familia maravillosa, Jess –fue lo primero que le dijo en el camino hacia Blue Blay–. Eres muy afortunada.

–Sí, lo soy –reconoció ella–. Por cierto, mi madre sabe lo nuestro.

Ben giró la cabeza en su dirección.

–¿Se lo has contado?

–No, lo ha adivinado. Como te dije, es muy intuitiva. Pero no conoce los detalles, solo sabe que hemos tenido relaciones sexuales.

–Entonces está bien. Así no se preocupará si llegas tarde a casa.

–Seguirá preocupándose, ese es el trabajo de las madres. Sinceramente, me sorprende que se haya tomado con tanta calma que me acueste contigo.

–Porque sabe que soy un buen tipo.

–No creo que sea por eso. Bueno, esta noche no voy a quedarme contigo, Ben –afirmó Jess, decidida a no dejarse seducir por él. Una vez más–. Te dejaré y me iré directamente a casa.

–Me parece justo.

Jess parpadeó, sorprendida por la facilidad con que había aceptado su postura. Tal vez estuviera cansado. Sí, seguramente sería eso. Había sido un fin de semana agotador.

Cuando aparcó en la entrada, Jess se bajó, abrió el maletero para sacar el equipaje y sí, le dejó darle un beso de buenas noches. Resultó no ser un beso muy largo porque ambos alzaron la cabeza cuando sonó el móvil de Ben. Él frunció el ceño, lo sacó del bolsillo y se quedó mirando la pantalla.

–Maldición –murmuró–. Es Amber.

–¿No vas a contestar? –preguntó Jess tratando de disimular lo mal que se sentía de pronto.

–Debería hacerlo –aseguró él–. Tiene que saber cuanto antes que lo nuestro ha terminado.

Se llevó el móvil a la oreja.

–Hola, Amber. Creí que habías dicho que no nos pondríamos en contacto hasta que yo volviera.

Jess se quedó allí de pie escuchándole hablar con un nudo creciente en el estómago.

–¿Qué? –dijo de pronto Ben–. ¿Cómo has dicho?

Jess observó cómo Ben perdía de pronto su brillo normal. Se puso pálido como la cera. Lo que Amber le estuviera diciendo debía de ser algo terrible.

–No, no –murmuró con voz entrecortada–. Volveré a casa enseguida. Dile a la funeraria que lo retrase todo hasta que yo llegue y me pueda encargar de todo.

A Jess se le cayó el alma a los pies. Su padre debía de haber muerto. Oh, Dios, pobre Ben...

–No, no quiero que me ayudes –estaba diciendo ahora con voz otra vez controlada–. No, Amber, tampoco quiero casarme contigo. Lo siento, pero he conocido a otra persona. Sí, una chica australiana... sí, sí –dijo mirando a Jess directamente a los ojos–. Voy a llevarla a casa conmigo.

Jess se quedó boquiabierta. Así seguía cuando Ben se guardó el móvil en el bolsillo.

–Por favor, no digas que no, Jess. Mi padre murió anoche de un ataque al corazón. No puedo enterrarle yo solo –dijo roto de dolor.

A Jess se le rompió el corazón al ver el dolor de su rostro. Aunque hubiera decidido no ir a Nueva York con él si volvía a pedírselo, a esto diría que sí. ¿Cómo iba a darle la espalda al hombre que amaba en su momento más vulnerable? Porque por supuesto que le amaba. No podía seguir negándolo. Al menos a sí misma.

–Sí, por supuesto que iré contigo –aseguró con dulzura.

–Gracias. No sé qué habría hecho si me hubieras dicho que no. Necesito a alguien que me importe a mi lado, Jess. Si tú estás conmigo, lo superaré.

Jess contuvo el aliento al escuchar sus palabras.

–¿De verdad te importo, Ben?

–Por supuesto que sí. Yo también te importo, ¿verdad? Me niego a pensar que estás conmigo solo por el sexo.

–¡Por supuesto que no! –le espetó ella, sorprendida de que pudiera pensar semejante cosa.

Ben dejó escapar un largo suspiro.

–Eso es un alivio. Entremos y hagamos planes.

El apartamento de su madre era tal y como Jess imaginaba. Muy espacioso y moderno, con grandes ventanales, pulidos suelos de madera y muebles italianos.

–Yo sacaré los billetes mientras tú llamas a tus padres –dijo Ben–. Tienes el pasaporte en regla, ¿verdad?

–Sí –confirmó Jess.

–Bien. Yo llamaré a la aerolínea desde la cocina. Tú quédate aquí.

La madre de Jess contestó al segundo tono con voz ansiosa.

–¿Qué ocurre, Jess? ¿Has tenido un accidente?

–No, mamá –le contó lo que había pasado.

–¿Y vas a irte a Nueva York con él? –preguntó su madre asombrada.

–Sí, mamá, en cuanto Ben saque los billetes. Está llamando ahora mismo a la aerolínea.

–Pero apenas lo conoces, Jess.

–Lo conozco mejor de lo que nunca conocí a Colin.

–Le amas, ¿verdad?

–Sí, mamá. Le amo.

–¿Y él a ti?

–No estoy segura.

–¿Eres consciente de que al morir su padre se convertirá en un hombre muy rico?

–Sí, mamá. No soy idiota.

–Pero...

–Ya hablaremos cuando vuelva, mamá –dijo cuando Ben entró otra vez en el salón–. Tengo que irme. ¿Y bien? –le preguntó.

–Nuestro vuelo sale mañana a primera hora. Tendremos que salir de aquí sobre las cuatro para estar allí a tiempo. Pero podemos dormir en el avión. Volamos en primera clase.

Primera clase, pensó Jess sin entusiasmo. Nunca había volado en primera clase. Pero seguramente Ben lo hacía constantemente.

–¿Qué ropa me llevo? –preguntó tratando de ser práctica a pesar de la creciente preocupación.

–Algo negro para el funeral, supongo. En Nueva York hace fresco, así que asegúrate de llevar una chaqueta. Aparte de eso, pantalones, camisetas y un vestido para salir de noche. Si necesitas algo más, te lo puedo comprar.

Jess reconoció que podría permitirse comprarle cualquier cosa que necesitara ahora que era multimillonario. Pero no quería que lo hiciera. No quería que pensara que podía comprarla a ella también.

¿En calidad de qué se suponía que iba a estar a su lado? ¿Novia o amante?

–¿Cuánto tiempo vas a querer que me quede? –preguntó haciendo lo posible por parecer despreocupada.

«Para siempre», pensó Ben. Pero sabía que era demasiado pronto para decir aquello. Demasiado pronto para decirle que la amaba. Ahora lamentaba habérselo confesado a Amber. Seguro que iría al velatorio, y tal vez dijera algo.

Bueno, pues lástima si lo hacía. Era la verdad.

–Todo el tiempo que quieras –respondió.

# Capítulo 21

LOS dos consiguieron dormir en el largo vuelo a Nueva York. Y mejor así, porque en cuanto aterrizaron y les permitieron utilizar los móviles de nuevo, Ben no dejó de hacer llamadas durante todo el trayecto hasta su apartamento. Jess le puso a su madre un mensaje para decirle que habían llegado, pero se centró en lo que la rodeaba. Nunca había visto edificios tan altos, ni tanta gente ni tanto tráfico. Sídney era pequeña comparada con Nueva York. Se contuvo para no babear al ver el Empire State. No estaba allí para hacer turismo, sino para acompañar a Ben en aquel momento tan difícil para él.

Jess mantuvo un discreto silencio en el taxi. Cuando finalmente se detuvieron frente a un edificio de aspecto elegante, hizo lo posible por no decir nada que pudiera avergonzar a Ben. Pero estaba muy impresionada, tanto por el botones uniformado que se hizo cargo del equipaje como por el portero que saludó a Ben casi con reverencia. El recibidor era igual de impresionante, con los suelos de mármol y un enorme arreglo floral sobre una mesa circular situada bajo una impresionante lámpara de araña. El guardia de seguridad que estaba tras el mostrador de la esquina saludó a Ben con la cabeza mientras guiaba a Jess hacia la fila de ascensores situados a un lado.

—Todo está arreglado —dijo Ben con sequedad cuando

se cerraron las puertas del ascensor y se quedaron solos–. El funeral será mañana a las dos de la tarde, y después seguirá el velatorio de papá en su apartamento. El mío no es lo suficientemente grande como para albergar a tanta gente.

¿No era lo suficientemente grande?, pensó Jess asombrada mientras entraba en él. El salón principal era gigantesco, de techos altos y puertas que daban a grandes balcones. Las paredes estaban pintadas de blanco, lo que acentuaba la sensación de espaciosidad. Los cuadros que colgaban de ellas eran los más bonitos que Jess había visto en su vida. Los muebles eran sin duda muy caros, una mezcla ecléctica de objetos antiguos y modernos.

–Cielos, Ben –dijo–. ¿Cuánta gente esperas que acuda al velatorio si este lugar no te parece suficientemente grande?

–Doscientas personas como mínimo –replicó él–. Mi padre tenía muchas relaciones de negocios.

–¿Y amigos y familia?

–De esos no tanto. Era hijo único. Tal vez tuviera primos en alguna parte, pero nunca mantuvo el contacto con ellos –Ben sonrió sin ganas–. Tal vez aparezca también alguna antigua amante con la esperanza de que mi padre le haya dejado algo, pero me temo que se llevará una decepción. Me dijo hace poco que me lo iba a dejar todo a mí.

Ben miró a Jess a los ojos al decir aquello, preguntándose si el hecho de que ahora fuera multimillonario cambiaría algo para ella. Aunque, sinceramente, le daba igual. La amaba y tenía intención de casarse con ella. Ahora entendía lo que su padre sintió cuando se declaró a su madre. El amor provocaba un efecto de ceguera.

Pero Jess no era en absoluto como su madre. De eso estaba seguro.

–Puede que también vaya Amber –dijo pensando que debería advertir a Jess–. Su padre era socio del mío.

–No pasa nada –aseguró ella. Pero sí pasaba. Una parte de ella sentía curiosidad por conocer a Amber. Aunque también podría haberse ahorrado la experiencia.

Sonó el timbre de la puerta. Era el portero, que les subía el equipaje.

–Déjelo dentro –le pidió Ben sacando la cartera y ofreciéndole al hombre un billete.

–Había olvidado que aquí hay que darle propina a todo el mundo –dijo Jess cuando el portero se marchó. Qué distinto era aquel país de Australia.

–Más te vale –aseguró Ben–. Sin propina no hay servicio. ¿Vas a quedarte conmigo en la habitación principal o prefieres estar en uno de los dormitorios de invitados?

–¿Dónde quieres tú que esté? –respondió Jess. Se sentía de pronto muy nerviosa.

–Conmigo, por supuesto.

–De acuerdo. Siempre y cuando no... ya sabes.

A Ben se le ensombreció la mirada.

–No te preocupes. No estoy de humor para juegos y diversión en este momento, Jess.

–No, claro, por supuesto que no, yo solo... –dejó escapar un largo suspiro–. Lo siento. Ha sido una falta de delicadeza por mi parte. Entiendo cómo te sientes. Cuando mi abuela murió el año pasado, sentí como si me hubieran horadado el corazón con una cuchara. Lo tuyo tiene que ser peor todavía. Era tu padre.

Ben la miró con ojos tristes.

–Creo que sabía que algo no iba bien. Dicen que a veces la gente tiene la premonición de que va a morir de un ataque al corazón aunque no sienta los síntomas.

–Sí, he oído que eso es verdad –dijo ella.

–Me llamó, ¿sabes? La noche antes de que fuéramos

a Mudgee. No era propio de él llamar si no era para hablar de negocios. Pero charló conmigo. Y justo antes de colgar me pidió que le diera recuerdos a mi madre. En aquel momento me pareció un poco extraño. Ahora creo que es porque sabía que iba a morir y quería dejar atrás toda la antigua amargura.

Ben exhaló un suspiro de tristeza.

–En el taxi le mandé un mensaje a mi madre para decirle que papá había muerto y me contestó diciendo que lo sentía mucho por mí pero que no iba a venir para el funeral. Sabía que no vendría, por eso hice todos los preparativos para mañana. Ella creía que mi padre la odiaba, pero se equivoca. Creo que en realidad la amaba.

–Sí. Por supuesto que sí –fue lo único que se le ocurrió decir a Jess.

Parecía que Ben se iba a echar a llorar, pero aspiró con fuerza el aire y estiró la espina dorsal.

–Papá querría que fuera fuerte –afirmó.

Jess quiso decirle que las lágrimas no hacían débil a un hombre, pero sabía que sería una pérdida de tiempo. Su padre nunca había llorado delante de ella, y sus hermanos tampoco. Así eran muchos hombres.

–Voy a dejar esto en el dormitorio –dijo Ben agarrando el equipaje y enfilando hacia el pasillo.

Jess le siguió con el corazón en un puño.

La habitación principal era magnífica, por supuesto. Lujosamente decorada, con una inmensa cama de matrimonio y todo lo que se pudiera desear, incluida una pantalla plana de televisión encastrada en la pared frente a la cama. Ben abrió la puerta de un vestidor que resultó ser más grande que la habitación de Jess. Ella trató de no quedarse boquiabierta mientras colgaba la ropa que iba a llevar en el funeral, pero el tamaño del vestidor de Ben era impactante. ¿Cómo podía un hombre tener tantos trajes?

Jess terminó de deshacer el equipaje en silencio, agradecida de haber llevado su mejor y más nuevo camisón. No le habría parecido bien llevar algo barato en un lugar así. Era de seda blanca, adornado con encaje. El color casaba incluso con la habitación, donde no había ni un solo mueble de madera oscura.

–Supongo que te apetecerá darte una ducha después de un vuelo tan largo –sugirió Ben–. Y no, no me uniré a ti, así que no tienes que preocuparte. Tampoco quiero salir a cenar esta noche. Pediré algo. ¿Te gusta la comida china o prefieres otra cosa?

–No, me encanta la comida china –aseguró Jess.

–Bien. Tómate tu tiempo en la ducha. O date un baño si lo prefieres.

Jess odiaba verle tan triste. Se acercó instintivamente a él y le rodeó con sus brazos, estrechándole con fuerza contra su cuerpo.

–Todo va a estar bien, Ben –susurró.

Él la abrazó también durante un largo instante antes de zafarse de sus brazos y exhalar el más profundo de los suspiros.

–Querida y dulce Jess –dijo acariciándole suavemente la mejilla–. Tal vez todo llegue a estar bien. Con el tiempo. Mientras tanto, mañana va a ser un infierno.

# Capítulo 22

AQUELLO era peor que el infierno, se dijo Jess a eso de las cinco de la tarde del día siguiente. En primer lugar, había llovido toda la noche y se había quedado congelada tanto en la iglesia como en el cementerio. Se había puesto una chaqueta estilo Chanel a juego con la falda negra de crepé, el mismo conjunto con el que fue al funeral de su abuela. Pero aunque era acolchado, no resultaba cálido. Se fijó en que todos los demás llevaban abrigo.

Entró un poco en calor en el camino de regreso desde el cementerio a la ciudad, aunque Ben no dijo ni una palabra. Sin duda debió de ser un trago duro ver cómo bajaba a la tierra el ataúd de su padre. Había apretado la mano de Jess con tanta fuerza que pensó que le iba a romper los dedos. Ella no había sabido qué decir entonces para hacerle sentirse mejor, así que guardó silencio.

Pero aquello no fue nada comparado con el infierno que resultó ser el velatorio. Jess se había sentido intimidada desde que puso el pie en el apartamento del padre de Ben, que parecía un mausoleo. Tal vez, si hubiera podido quedarse al lado de Ben, habría sido capaz de lidiar mejor con aquello. Pero la gente no hacía más que apartarlo de su lado, hombres de traje oscuro con modales arrogantes y voces zalameras. Todo el mundo parecía querer estar cerca de él ahora que ya no era el heredero, sino el multimillonario. Todo resultaba repugnante. Y deprimente.

Cuando el reloj de pared marcó las cinco de la tarde, Jess, desesperada, agarró una copa de vino de blanco de la bandeja que llevaba un camarero y se deslizó hacia uno de los muchos balcones con la esperanza de encontrar un poco de paz y de soledad.

Pero no iba a tener tanta suerte. Una rubia esbelta que había estado en el funeral mirando a Jess con ojos asesinos la siguió y salió al balcón detrás de ella.

–Vaya, hola –dijo la rubia–. Tú debes de ser la nueva novia de Ben, de la que me habló por teléfono.

No hacía falta ser un genio para saber quién era la rubia.

Jess decidió que Amber no era guapa. Pero resultaba atractiva, y su peinado estiloso, la piel lustrosa y el ajustado vestido negro de diseño hablaban a gritos del dinero que tenía. Sin duda eran diamantes de verdad lo que llevaba en las orejas.

Aunque Jess sabía que su conjunto no era de mala calidad, de pronto se lo pareció. Y anticuado.

–Hola –contestó negándose a sentirse intimidada–. Supongo que tú eres Amber. Ben me ha hablado también de ti.

La sonrisa de Amber no resultaba en absoluto agradable.

–¿De veras? Pero apuesto a que no te ha contado las cosas que solíamos hacer.

Jess odiaba pensar que Ben hubiera hecho con aquella persona lo mismo que con ella. Pero no tenía sentido pensar que no lo hubiera hecho.

–No se me ocurriría interrogarle sobre lo que hacía con sus anteriores novias –afirmó con frialdad–. El pasado es pasado.

La rubia se rio.

–En ese caso puede que te lleves alguna sorpresa, querida. Déjame decirte que, si tienes pensado casarte con él, te convendría interpretar un papel más conservador. Yo intenté acomodarme a sus sucios jueguecitos y al final no llegué a ningún lado. No es que me gustaran, pero una chica es capaz de hacer cualquier cosa cuando hay miles de millones en juego, ¿no crees?

–Eso parece.

Jess y Amber se giraron al escuchar el sonido de la voz de Ben.

Amber se puso roja como un tomate mientras que Jess se lo quedó mirando.

–Es increíble de lo que se entera uno cuando acaba una relación –dijo Ben mirando a Amber–. Si hubiera sabido que tu padre estaba al borde de la bancarrota, habría entendido mejor tu repentina declaración de amor.

–Ben, yo...

–Ahórratelo, Amber –le espetó él.

–Ella no te ama –afirmó Amber con amargura–. Solo quiere tu dinero, como tu madre buscaba el dinero de tu padre. Por el amor de Dios, mírala. Es una australiana vulgar. No es nadie.

Jess dio un paso adelante y le dio una bofetada a Amber en la cara sin pararse a pensar.

–Sí que le amo –le aseguró a la asombrada rubia–. Y claro que soy alguien.

Amber tenía la cara completamente roja, no solo la marca de la palma.

–Te voy a denunciar por agresión, zorra. Y a ti también, malnacido, por incumplimiento de promesa. Te haré pagar por haberme hecho perder todo ese tiempo contigo.

Ben le dirigió una mirada gélida.

–Inténtalo, querida. Tengo miles de millones a mi disposición, ¿y tú qué tienes? Un padre arruinado y un trabajo sin futuro y mal pagado en una galería de arte.

Amber abrió la boca para decir algo, pero entonces se dio la vuelta y salió de allí.

Ben miró a Jess, que estaba bastante alterada por el desagradable incidente.

–¿Lo has dicho en serio? –le preguntó–. ¿De verdad me amas?

A Jess se le llenaron los ojos de lágrimas.

–Por supuesto que sí. ¿Por qué crees que estoy aquí?

–Amber acaba de decir que es por el dinero.

–Amber es idiota. Y tú también si lo piensas.

–No lo pienso. Por eso te amo.

Jess le miró con la boca abierta y se echó a llorar. Ben la estrechó entre sus brazos y le besó el pelo.

–Te amo –murmuró–. Y quiero casarme contigo.

Jess lloró todavía más. Porque, ¿cómo iba a casarse con aquel hombre y llevar aquella vida? Terminaría odiándole.

Cuando dejó de llorar y logró reunir el coraje necesario, se apartó de él y le miró con los ojos todavía húmedos.

–Te amo, Ben –aseguró con voz temblorosa–. Mucho. Pero no puedo casarme contigo. Lo siento.

# Capítulo 23

NO ENTIENDO por qué no quieres casarte conmigo –dijo Ben cuando por fin volvió con Jess a su apartamento–. Si me amas como dices, ¿dónde está el problema? Diablos, Jess, puedo darte todo lo que quieras.

–Ese es el problema. No quiero lo que puedas darme. No quiero llevar este tipo de vida –aseguró señalando el apartamento–. Es demasiado. No tendríamos amigos de verdad. Ni tampoco nuestros hijos.

–Eso es ridículo. Yo tengo amigos de verdad.

–No, no los tienes. Esta noche no había allí ni una sola persona que fuera amiga de verdad. El único amigo que tienes es Andy en Australia, y eso es porque lo conociste antes de ser muy rico. Ser multimillonario implica no poder llevar una vida normal, Ben. Y, si yo fuera tu esposa, tampoco podría. Querrías que fuera todo el tiempo a cenas y fiestas con gente que desprecio. Querrías que dejara de coser mi propia ropa, insistirías en que tuviera estilista y un diseñador de vestuario. Nuestros hijos tendrían niñeras y guardaespaldas y los enviaríamos a internados de niños ricos mientras nosotros nos quedamos en casa organizando fiestas. Lo siento, Ben, pero eso no es lo que quiero para mis hijos. Ni para mí.

Ben dejó de recorrer arriba y abajo el salón y la miró con tristeza.

–Estás hablando en serio, ¿verdad?

–Sí –afirmó Jess con el corazón destrozado.

Ben soltó una palabrota, se acercó a ella y la apretó contra sí.

–¿No podría hacerte cambiar de opinión? ¿Ni aunque te prometiera el mundo entero?

–No, Ben, no podrías. Y menos si me prometes el mundo entero.

–Entonces no me amas de verdad –gruñó apartándola de sí.

Y antes de que ella pudiera decir nada más, Ben se marchó dando un portazo.

Jess esperó durante horas, pero él no regresó. Trató de llamarle, pero tenía el móvil apagado. Estaba claro que no quería hablar con ella. Jess no podía descansar, solo podía recorrer arriba y abajo el apartamento con la mente dándole vueltas.

Había sido cruel por su parte rechazar la proposición de Ben de aquel modo el mismo día que había enterrado a su padre. Pero lo cierto era que había sido sincera. No podría llevar una vida así, y él no sería feliz con una esposa como ella. Vivían en mundos diferentes.

Finalmente, Jess tomó una dolorosa decisión. Hizo el equipaje, bajó y le pidió al portero que llamara a un taxi.

–Al aeropuerto, por favor –le pidió al conductor con voz rota.

Estuvo llorando durante todo el camino, y una vez en el aeropuerto le envió a Ben un mensaje de explicación para pedirle perdón. No quería que se preocupara al no saber dónde estaba, pero tampoco quería que la siguiera. El avión la dejó en San Francisco, donde tuvo que tomar otro para volver a Sídney. Cuando llegó a Mascot estaba agotada y deprimida. Tomó el autobús que llevaba al aparcamiento de larga distancia, donde había dejado el coche, y condujo dos horas hasta llegar a su casa. Estaba completamente destrozada.

Su madre apareció en la puerta en cuestión de segundos.

–¡Jess! No esperaba que fueras tú. Estaba desayunando y he oído un coche. ¿Qué estás haciendo aquí tan pronto?

–No puedo hablar ahora, mamá. Quiero irme a la cama.

–¿No puedes darme una pista de lo que ha pasado? –preguntó Ruth mientras la seguía por las escaleras.

Jess se detuvo en el escalón de arriba.

–Si quieres saberlo, Ben me ha dicho que me ama y quiere casarse conmigo y yo le he rechazado.

–¿Le has rechazado? –repitió Ruth con asombro.

–Es demasiado rico, mamá. No habría sido feliz. Tengo que irme a la cama –dijo con los ojos llenos una vez más de lágrimas.


Transcurrió una semana. Luego dos. Y luego tres.

Ben no dio señales de vida, ni por teléfono, ni por correo electrónico ni en persona. Aquel domingo por la noche, Jess soñó que se casaba con Ben en una playa australiana. Fue un sueño muy triste porque nunca se haría realidad. Dios, ¿cuándo lo superaría?

El lunes tenía que trabajar en la oficina. Desgraciadamente, no fue un día de mucha actividad, Jess tuvo tiempo de sobra para beber interminables tazas de café y pensar cosas deprimentes. Cuando dieron las doce, pensó que ya había sido suficiente. Se levantó del escritorio, decidida a distraerse con algo. Iría al cine a ver alguna comedia o una película de acción. Puso el contestador y se dirigió hacia la casa, donde encontró a su madre en la cocina guardando la compra.

–Mamá, creo que voy a ir al cine esta tarde, ¿te importa?

–En absoluto. Yo me encargaré de la oficina.

–Gracias, mamá.

Ruth Murphy vio a su hija alejarse lentamente y pensó que a Jess le iba a costar mucho olvidarse de Ben. Una parte de ella se alegraba de que hubieran roto la relación; no podía soportar la idea de que su única hija se marchara a vivir a América. Pero tampoco podía soportar verla sufrir.

Suspiró, terminó de guardar la compra, se preparó un sándwich y un café y entró en la oficina. Almorzó y luego agarró el libro que tenía allí para cuando no hubiera mucha actividad. Apenas había leído un par de páginas cuando sonó el teléfono.

–Alquiler de coches Murphy –dijo con tono alegre.

–Hola, Ruth –respondió una voz con acento americano–. ¿Está Jess por ahí?

–No –replicó ella ansiosa–. No está en este momento. ¿Llamas desde Nueva York?

–No, Ruth. Estoy aparcado cerca de vuestra casa.

Oh, Dios. Había ido a buscar a su hija hasta allí.

–He intentado llamar a Jess varias veces, pero tiene el móvil apagado.

–Está en el cine. Necesitaba salir de aquí, Ben. Ha estado muy triste desde que volvió de Nueva York. Me ha contado lo que pasó.

–Amo a tu hija, Ruth. Y tengo intención de casarme con ella.

A Ruth le sorprendió la firmeza de sus palabras.

–En ese caso, ¿por qué has tardado tanto en venir a por ella? –le espetó sin poder evitarlo.

–Necesitaba tiempo para cambiar mi vida de modo que aceptara mi proposición de matrimonio.

–¿Qué quieres decir? ¿En qué ha cambiado tu vida?

–Preferiría hablar de esto con Jess, si no te importa. Pero sí te diré que he venido a Australia para quedarme a vivir aquí. De forma permanente.

# Capítulo 24

BEN sintió náuseas cuando se dirigió al cine de Westfield. No estaba acostumbrado a que le fallara la confianza en sí mismo. Sí, su ego se había visto brutalmente afectado cuando Jess le dijo en Nueva York que no se casaría con él. De hecho había perdido un día o dos ahogando las penas en alcohol, algo impropio de él. Pero cuando recuperó la sobriedad y se dio cuenta de que le resultaba impensable un futuro sin Jess, llevó a cabo los cambios necesarios en su estilo de vida con una actitud muy positiva. En ningún momento se le pasó por la cabeza la idea de que no conseguiría recuperar a Jess.

Pero de pronto no estaba tan seguro.

Tal vez durante aquellas semanas de silencio Jess hubiera decidido que no le amaba después de todo. Tal vez la distancia en su caso hubiera sido el olvido. Quizá lo que sentía por él no era amor, sino deseo.

Quizá incluso se había arrepentido de haberle permitido hacer las cosas que hizo con ella. Aunque estaba convencido de que en su momento las disfrutó. Jess no era como Amber, que hacía lo que él quería en la cama con el ojo puesto en el dinero. Jess no se parecía a Amber absolutamente en nada. Tenía que dejar de pensar de forma tan negativa. La negatividad no conducía a nada.

Cuando Ben entró en el enorme aparcamiento, ya había recuperado algo de su seguridad en sí mismo. Una vez aparcado, volvió a llamar a Jess. Seguía con el móvil apagado. Salió del coche, lo cerró y entró a toda prisa en el centro comercial rumbo a la zona por la que Jess tendría que pasar cuando saliera del cine.

Jess se puso de pie en cuanto empezaron los créditos. La película había sido bastante divertida en ocasiones. Incluso había llegado a reírse una o dos veces. Pero en cuanto salió del cine, volvió a sentirse deprimida. ¿Qué diablos iba a hacer? Sentarse y tomarse un café, supuso con tristeza. De ninguna manera iba a volver a casa todavía. Solo eran las tres.

Deambuló lentamente por el vestíbulo que separaba las salas de cine sin fijarse en las pocas personas que pasaban cerca de ella. El lunes por la tarde, sobre todo si hacía bueno, no iba mucha gente al cine. Casi había llegado a la zona de restaurantes que había al otro lado cuando alguien la llamó por su nombre.

Centró la mirada y entonces le vio allí, justo delante de ella.

—Oh, Dios mío —fue lo único que pudo decir—. Ben.

Al verle sonreír, estuvo a punto de echarse a llorar. Pero se detuvo a tiempo.

—¿Qué estás haciendo aquí? —le preguntó confundida. Quería pensar que estaba allí por ella, pero le parecía demasiado bonito para ser verdad. Y sin embargo allí estaba, tan guapo como siempre.

—Tu madre me dijo que habías venido al cine, así que vine y esperé a que salieras.

—¿Has llamado a mi madre?

—Primero intenté localizarte en el móvil, pero lo tenías apagado. Así que llamé a Alquiler de coches Murphy y me contestó tu madre.

—Ah.

—¿Eso es lo único que vas a decir?

–Sí. No. ¿Qué quieres que diga? Estoy en estado de shock. No me has llamado ni me has mandado ningún mensaje. Creía que habías terminado conmigo.

–Fuiste tú quien terminó conmigo, Jess.

Ella torció el gesto con una mueca de dolor.

–Hice lo que pensé que era mejor. Para los dos. Y dime, ¿para qué has venido, Ben? Por favor, no me pidas que vaya a Nueva York y me case contigo. Eso sería una crueldad. Te di mis razones para decir que no y eso no ha cambiado.

–En eso te equivocas, Jess. Han cambiado muchas cosas.

–No creo. Seguramente ahora serás todavía más rico que antes –había leído en alguna parte que los multimillonarios ganaban miles de dólares al día gracias a sus muchas inversiones. ¿O era al minuto?

–¿Qué te parece si vamos a tomar un café a un sitio más íntimo y te lo explico mejor?

–No hay ningún sitio más íntimo –aseguró Jess señalando con la mano la zona de restaurantes, que estaba bastante llena. Ya estaban en noviembre y la gente había empezado a hacer las compras de Navidad.

–Creo recordar que hay un pequeño café por ahí a la derecha –dijo Ben–. Vamos.

Jess le siguió sin decir nada. Todavía estaba intentando dilucidar qué podría haber cambiado.

El café al que Ben se refería estaba medio vacío, había sitio para escoger. Ben la dirigió hacia el banco más lejano. En la pared del fondo había un cartel en el que ponía que había que pedir en la barra.

–¿Quieres algo de comer con el café? –le preguntó Ben.

–No, gracias.

–Bien. ¿Qué te apetece? ¿Café con leche? ¿Capuchino?

–Café con leche –contestó Jess–. Sin azúcar.

–Bien.

Jess trató de no quedarse mirándolo mientras iba a por los cafés, pero estaba guapísimo con los pantalones cortos y el polo negro. Se dio cuenta de que le había crecido un poco el pelo. Le quedaba mejor así. Pero daba igual lo que se pusiera o lo largo que tuviera el pelo. El destino había sido muy cruel permitiendo que se enamorara de un hombre con tantos encantos.

Mientras Jess esperaba a que volviera, trató de imaginar por qué habría aparecido de pronto de aquel modo. Estaba claro que pensaba que lograría hacerla cambiar de opinión. Y tal vez tuviera razón. Se había sentido muy triste. Y le echaba terriblemente de menos. También echaba de menos hacer el amor con él. Volver a verle le había recordado lo maravilloso amante que era. Irresistible.

Finalmente optó por mirarse las manos, que retorcía nerviosamente en el regazo. No alzó la vista hasta que Ben le puso el café delante y se sentó frente a ella con el suyo.

–Gracias –dijo Jess educadamente. En realidad no le apetecía nada el café. Tenía un nudo en el estómago.

Pero lo agarró y le dio un pequeño sorbo antes de volver a dejarlo en la mesa.

–Y ahora, ¿te importaría decirme qué está pasando?

Ben la miró a los ojos.

–Lo que está pasando es que todavía te amo, Jess. Y sí, sigo queriendo casarme contigo.

Dios, aquello era muy cruel.

–No lo dudo, Ben, ya que estás aquí –replicó ella–. Pero a veces el amor no es suficiente.

Ben extendió la mano para rozarle la suya.

–Tal vez cambies de opinión cuando escuches lo que ha logrado el amor que siento hacia ti.

A Jess le costaba trabajo pensar con claridad cuando la tocaba.

—¿De qué estás hablando?

—Bueno, en primer lugar me he venido a vivir a Australia.

A ella le dio un vuelco al corazón.

—¿En serio?

—Sí. Sabía que tú nunca vivirías conmigo en Nueva York, así que he dejado mi trabajo y he vendido la mayor parte de mis acciones de la empresa de mi padre a sus socios.

Jess se limitó a quedarse mirándolo.

—Luego utilicé ese dinero para crear un fondo solidario para ayudar económicamente a personas afectadas por los desastres naturales. Parece que últimamente hay muchos. Mi padre siempre donaba mucho dinero cada vez que sucedía un desastre natural, pero le preocupaba que el dinero no llegara en ocasiones a su destino. Yo voy a ser el director general de esta fundación, así que yo decidiré dónde va el dinero. El capital está invertido en sitios seguros, así que durará una eternidad. No cobraré sueldo, pero he tenido que contratar a un par de profesionales expertos en organizaciones solidarias para que supervisen las transacciones, y ellos sí cobran. Aparte de eso, todo el dinero del fondo irá donde tiene que ir.

Lo único que pudo hacer Jess fue sacudir la cabeza.

—¿Has dado tu dinero a una obra solidaria?

—No todo, solo lo que heredé de la venta de la empresa de mi padre. Aunque es la mayoría de su patrimonio. Todavía tengo su cuenta corriente, que es bastante considerable, y también el dinero procedente de la venta de sus propiedades. Cuando las venda, claro. Eso incluye su apartamento amueblado en Nueva York y el de París. Cada uno de ellos dejará unos veinte o treinta millones. Si añadimos las obras de arte que ha coleccionado a lo largo de los años, podremos añadir varios millones más. Aunque puede que done algunas a varios museos del mundo. Sí, creo que lo haré. El caso es que sigo siendo millonario, Jess, pero no multimillonario. Sé que no te casarás con un multimillonario, pero la pobreza tampoco tiene nada de atractivo.

Jess había pasado del asombro a estar maravillada.

–¿Has hecho todo eso por mí?

–Lo curioso es que al principio renuncié a la mayoría del dinero para recuperarte, pero cuando lo hice me sentí bien. Muy bien. Dicen que es más placentero dar que recibir y tienen razón. En cualquier caso, como te puedes imaginar, organizar tantas cosas lleva mucho tiempo. Por eso he tardado tanto en venir. Todavía tendré que ir a América de vez en cuando para algún asunto de la fundación, pero a partir de ahora Australia será mi hogar. Así debe ser, ya que voy a tener una mujer australiana. Una mujer sin la que no puedo vivir.

–Oh, Ben –murmuró Jess con los ojos llenos de lágrimas–. No me lo puedo creer.

Ben estaba tratando de mantener también la compostura.

–Entonces, ¿esta vez tu respuesta es sí?

–Sí –dijo ella con un sollozo–. Por supuesto que sí.

–Gracias a Dios –Ben apoyó con fuerza la espalda en el respaldo–. Me preocupara que dijeras otra vez que no, y a mi madre también.

Jess parpadeó sorprendida.

–¿Le has hablado a tu madre de nosotros?

–Por supuesto. Lleva años tratando de convencerme de que me case y tenga hijos. Estará encantada cuando se lo diga.

–¿Tú también quieres tener hijos? –preguntó Jess, todavía en estado de shock.

–Diablos, sí. Tantos como quieras tú. Y si en algo te conozco, Jess, creo que serán más de uno o dos.

–Sí, me gustaría tener familia numerosa –confesó–. Y dime, ¿cuándo le hablaste a tu madre de nosotros?

–Anoche. Me quedé en su apartamento de Bondi. Mi vuelo llegó muy tarde, demasiado tarde como para llegar aquí. Aunque al final me desvelé de todas maneras y le conté todo a mi madre. Y luego me quedé dormido. No llegué a la costa hasta después de comer. Como ya te he contado, al ver que no contestabas al teléfono llamé a la oficina y me contestó tu madre.

Jess seguía asombrada por todo lo que Ben había hecho por ella.

–Espero que mi madre fuera amable contigo.

–Mucho.

–Oh, Ben, haces que me sienta fatal.

Él frunció el ceño.

–¿Por qué?

–Porque tú has hecho todo por mí y yo no he hecho nada por ti.

¿Que no había hecho nada? Ben miró a aquella chica maravillosa a la que amaba y pensó en todas las cosas que había hecho. La primera y más importante, amarle. No por su dinero, sino por sí mismo. Ben el hombre, no el heredero de miles de millones. También le había hecho ver lo que era importante en la vida. No la fama y la fortuna, sino la familia y la comunidad. No una vida social de clase alta, sino una vida sencilla llena de risas, niños y amigos. Sí, estaba deseando tener hijos con Jess. Qué afortunado había sido por haber llamado aquel día a Alquiler de coches Murphy y haberla conocido.

Pero Ben sabía que, si le decía todo aquello, se sentiría avergonzada. Así que se limitó a sonreír y dijo:

–No podemos decir que la felicidad no sea nada, Jess. Y tú me haces feliz, cariño.

–Oh –daba la impresión de que Jess iba a echarse a llorar otra vez.

–No más lágrimas, Jess. Puedes llorar el día de la boda si quieres, pero hoy no. Hoy es un día para regocijarse. Y ahora tómate el café e iremos a comprarte un anillo de compromiso. Tiene que haber una joyería decente por algún sitio.

Media hora más tarde, Jess llevaba en el dedo corazón de la mano izquierda un diamante solitario engarzado en oro blanco. No era ni tan grande ni tan caro como a Ben le hubiera gustado.

–No se trata del precio, Ben –le dijo ella con firmeza cuando lo escogió–, sino del sentimiento que hay detrás. Además, no quiero despertar la envidia de mis cuñadas. Ellas no tienen anillos de compromiso con enormes pedruscos.

Ben alzó los ojos al cielo.

–Muy bien. Pero no creas que voy a comprar una casa con alguna carencia. Mi intención es que tenga todo lo que tú y yo queramos.

–Me parece justo –afirmó Jess. A ella no le gustaban las joyas, pero siempre había querido tener una gran casa.

–De acuerdo –dijo Ben–. Ahora que hemos solucionado el tema del anillo, déjame llevarte a la tienda de Fab Fashions en la que solías trabajar.

–¿Para qué? –preguntó ella desconcertada–. Ya no es tuya.

–Ah, ahí te equivocas. Cuando vendí la empresa de mi padre, acordé quedarme con un solo activo: la cadena Fab Fashions. Los socios de mi padre se mostraron encantados de dejármela a cambio de nada. La consideran un garbanzo negro, pero yo creo que con tus consejos podremos hacer que funcione. Entonces, ¿qué me dices, Jess? ¿Puedes ayudarme con esto?

A Jess se le hinchió el corazón de felicidad. ¡Qué maravillosamente detallista era Ben! Y muy inteligente. Sabía perfectamente cómo ganarse su corazón. Y así se lo hizo saber.

Ben sonrió.

–Andy siempre decía que nada podía interponerse entre la portería y yo.

Jess sonrió también. Una chica no tenía siempre la oportunidad de ser comparada con una portería.

–¿Sabe Andy lo de la muerte de tu padre? –preguntó con tono más serio.

–Todavía no. Siguen de luna de miel. Pero vuelven la semana que viene. Tal vez podamos ir a visitarles algún fin de semana pronto ahora que estamos prometidos. Podemos quedarnos en esa bonita cabaña un par de noches.

A Jess se le aceleró el corazón con la mención de la cabaña. Le evocó al instante recuerdos excitantes.

–Eso estaría muy bien –afirmó. Lo cierto era que lo estaba deseando.

Ben la miró con los ojos entornados y luego se rio.

–A mí no me engañas, Jess Murphy. Disfrutaste de esos juegos tanto como yo.

–Sí –reconoció ella–. Pero creo que deberíamos guardarlos para ocasiones especiales, no para el día a día.

–Estoy de acuerdo –accedió Ben–. En el día a día voy a estar muy ocupado con mi casa de la playa, mi media docena de hijos y mi golf.

–¿No vas a trabajar?

–Bueno, tengo que sacar adelante Fab Fashions. Con tu ayuda. Y puede que me meta en el negocio con tu padre y me dedique a los coches de época. Me impresionó el trabajo que hizo con ese Cadillac. Yo podría ser el socio capitalista y él quien hiciera el trabajo.

–Suena bien.

–Bueno, ¿y cuándo vamos a casarnos? Me gustaría que fuera lo más pronto posible.

–Ben De Silva, voy a celebrar una boda como Dios manda. Y tengo pensado organizarla yo misma. Eso lleva tiempo.

–¿Cuánto tiempo? Solo se necesita un mes para sacar la licencia.

–En poco más de un mes será Navidad, y en nuestra familia se celebra mucho.

–¿Y qué te parece enero? ¿Febrero?

–No me gustan las bodas en esos meses. Hace demasiado calor. ¿Y marzo?

–Puedo aguantar hasta marzo –accedió Ben–. Pero no más.

–Entonces que sea marzo –afirmó Jess con alegría–. Vamos a darle la buena noticia a mis padres.

# Epílogo

*Marzo, cuatro meses más tarde...*

Los truenos y los relámpagos empezaron sobre las diez de la mañana. Jess y sus padres salieron corriendo al porche de atrás y se quedaron mirando el cielo, repentinamente cargado.

–La ley de Murphy –gruñó Joe–. Y yo que pensé que me dejaría en paz el día de la boda de mi única hija...

–Esto no es la ley de Murphy, papá –aseguró Jess, aunque se sentía desilusionada. Iban a celebrar la boda en un pintoresco lugar al aire libre con vistas a la bahía de Toowoon–. Solo es una tormenta.

–¡No, es la maldita ley de Murphy! –insistió él.

–No voy a permitir que un poco de lluvia arruine mi gran día, papá. Tenemos un plan B, ¿no es así? Cuando hicimos la reserva en el club de golf de Shelley Beach para la celebración, pensamos que podríamos celebrar la boda allí si llovía. Tienen unos balcones preciosos con vistas al mar y al campo de golf. Si hace falta, llamaré al club más tarde. Todo va a salir bien, papá.

En aquel momento empezó a granizar.

–La boda no es hasta las tres –señaló Ruth–. Para entonces seguramente haya pasado la tormenta.

El granizo cesó bastante rápido, pero continuó lloviendo con fuerza toda la mañana. Las damas de honor, que estaban en la peluquería, llamaron a Jess asustadas. Ella les tranquilizó asegurándoles que tenían un plan.

Después subió a la planta de arriba para arreglarse el pelo y maquillarse.

La lluvia se detuvo justo antes de mediodía. Las chicas llegaron sobre la una, todas guapísimas, y el sol hizo su aparición poco antes del momento en que la novia y sus cuatro damas tenían que salir.

Jess le sonrió feliz a Catherine, a quien le había pedido que fuera su dama de honor principal. Se habían hecho buenas amigas en los últimos meses. Y, por supuesto, Andy era el padrino de Ben. Catherine estaba embarazada, pero solo de dos meses, así que con suerte no habría dramas de última hora. Las tres cuñadas de Jess eran las otras damas de honor, por suerte ninguna estaba embarazada en el momento. Jess había hecho los vestidos para la boda, todos ellos sin tirantes, largos y amarillo pálido. El traje de novia era de seda color marfil.

Sin embargo, Ruth no había dejado que su hija le hiciera el vestido. Había escogido un precioso modelo de madrina azul de Real Women, que ahora tenía una amplia colección de ropa elegante para las damas maduras. Tras una campaña por toda Australia durante el mes de enero, a la cadena de tiendas le estaba empezando a ir muy bien. Todavía no habían obtenido grandes beneficios, pero aún era pronto.

–¿Lo ves, Joe? –murmuró Ruth–. Sabía que el sol brillaría en la boda de nuestra hija. Es una chica afortunada. Bueno, tengo que irme. Nos veremos todos en la bahía de Toowoon.

Jess vio cómo su madre se marchaba en el coche familiar mientras su padre la acompañaba hacia el primero de los relucientes coches blancos de boda.

–Tu madre tiene razón –le dijo Joe cuando estuvieron sentados dentro–. Eres una chica afortunada. Y Ben también, porque se lleva a una mujer muy especial.

–No me digas esas cosas porque me voy a echar a

llorar, papá –aseguró Jess con los ojos húmedos–. Y no quiero estropear el maquillaje.

–No vas a llorar, hija. Eres demasiado sensata para hacer algo así.

Pero su padre estaba equivocado. Jess estuvo a punto de echarse a llorar al ver a Ben esperándola allí de pie con los ojos llenos de amor. También estuvo a punto de echarse a llorar cuando le prometió que la amaría hasta la muerte. Y cuando el oficiante les declaró marido y mujer. Pero Ben salvó el día besándola con tanta pasión que se olvidó de las lágrimas.

Después de aquello ya no pensó en llorar, había demasiadas cosas que hacer. Primero, las fotos en la bahía y luego más en el club de golf, y después el cóctel de bienvenida y la parte oficial de la celebración, con los discursos, el corte de la tarta nupcial y el vals. Tampoco lloró cuando Catherine la acompañó para cambiarse y ponerse otro vestido, un conjunto muy chic de lino blanco con accesorios rojos. Ben y ella tenían pensado pasar la noche de bodas en el Crown Plaza de Terrigal. Al día siguiente iban a emprender un largo viaje por toda Australia; el cuatro por cuatro de Jess ya estaba aparcado en el hotel. Y con todas las provisiones que podían necesitar.

Pero cuando se despidió de sus padres los ojos se le llenaron de pronto de lágrimas.

–Vamos, vamos, Jess –la reprendió Joe abrazándola–. No querrás estropearte el maquillaje, ¿verdad?

Jess se rio y se secó las lágrimas.

–Claro que no –aseguró–. Pero no son lágrimas de tristeza. Estaba pensando en que mamá y tú sois unos padres maravillosos.

–Vamos, déjalo ya –protestó Joe. Pero parecía complacido. Ruth, por su parte, parecía que iba a echarse a llorar.

–Jess tiene razón –intervino Ben dando un paso adelante. Se acababa de despedir de su propia madre–. Los dos sois maravillosos. Así que nos pusimos a pensar y decidimos haceros un pequeño regalo personal. Tomad –le tendió a Joe un sobre bastante grande con el logo de una conocida agencia de viajes.

–¿Qué diablos habéis hecho? –dijo Joe abriendo el sobre y sacando el itinerario impreso de un largo viaje por Europa.

–Y no queremos oír ninguna objeción –continuó Ben mientras Ruth leía con los ojos muy abiertos por encima del hombro de su marido.

–Pero aquí dice que vamos a viajar en primera clase –murmuró Ruth asombrada.

La madre de Ben, que estaba por ahí cerca, se acercó de pronto agarrada del brazo de Lionel.

–Por favor, no os preocupéis por el costo –aseguró Ava–. Además –añadió sonriendo coqueta a su pareja–, Lionel ha decidido convertirme en una mujer decente y tiene dinero a espuertas, ¿no es así, cariño?

Lionel se limitó a sonreír.

–Eh, ¿y qué voy a hacer yo mientras mis padres están en Europa? –preguntó Jess fingiendo estar picada.

–Tú puedes quedarte aquí y limpiar esa casa tan grande que te he comprado –bromeó Ben.

–Yo no quería una casa tan grande. Fue idea tuya.

–Ya, pero a ti te encanta.

La casa no estaba en la playa. Ben había decidido que necesitarían más espacio cuando tuvieran hijos. Su nueva propiedad se alzaba sobre un terreno de dos hectáreas en Matcham, un exclusivo enclave rural no lejos de la costa. La casa tenía seis habitaciones enormes, tres baños, un garaje para cuatro coches, pista de tenis y, por supuesto, piscina climatizada con paneles solares. Ya habían planeado celebrar la Navidad allí al año siguiente.

La intención de Jess era que fuera una ocasión muy especial.

Aquel último pensamiento llevó a Jess a pensar en otra cosa.

–¿La noche de bodas es una ocasión especial? –le preguntó a Ben cuando se despidieron por fin y subieron al asiento de atrás de la limusina.

Él abrió los ojos de par en par.

–¿Estás sugiriendo lo que creo que estás sugiriendo?

Diez minutos más tarde estaban ya en la suite nupcial, que estaba bellamente decorada y tenía una atmósfera muy seductora, con la enorme cama y las montañas de almohadas.

–Por si te interesa saberlo –dijo Ben mientras se ocupaba de abrir la botella de champán que les habían dejado–, he metido en la maleta una pequeña caja de sorpresas que pueden resultarnos útiles durante la luna de miel.

A Jess le dio un vuelco al corazón.

–¿Qué clase de sorpresas?

–Unos juguetitos que encontré en una página web. Ya te enterarás en su momento. Pero esta noche no necesitamos nada así. Esta noche tiene que ser sexo romántico. Aunque el sexo romántico es sin ropa. ¿Por qué no te desnudas, querida esposa, mientras yo sirvo un poco de este espléndido champán?

–¿No vas a desnudarte tú también? –preguntó una Jess absolutamente excitada mientras le obedecía.

Ben se acercó a ella muy despacio y le tendió una copa.

–Todo a su tiempo, cariño –murmuró con un brillo malicioso en sus bonitos ojos azules–. Todo a su tiempo.

**El bienestar de un reino... a cambio de su felicidad**

Traicionada por uno de sus seres más queridos, Honoria Escalona debía enfrentarse ahora al único hombre capaz de llevar la estabilidad al mediterráneo reino de Mecjoria, un hombre frío y duro, que una vez había sido su amigo: Alexei Sarova, el verdadero rey del país.

Pero el tortuoso pasado de Alexei lo había convertido en un extraño. Culpaba de sus desgracias a la familia de Ria y, cuando él le ofreció su ayuda, puso una condición: que solo aceptaría el trono si ella se convertía en su reina y le daba un heredero.

A cambio de su felicidad

Kate Walker

# Acepte 2 de nuestras mejores novelas de amor GRATIS

## ¡Y reciba un regalo sorpresa!

## Oferta especial de tiempo limitado

Rellene el cupón y envíelo a

**Harlequin Reader Service®**

3010 Walden Ave.

P.O. Box 1867

Buffalo, N.Y. 14240-1867

**¡Sí!** Por favor, envíenme 2 novelas de amor de Harlequin (1 Bianca® y 1 Deseo®) gratis, más el regalo sorpresa. Luego remítanme 4 novelas nuevas todos los meses, las cuales recibiré mucho antes de que aparezcan en librerías, y factúrenme al bajo precio de $3,24 cada una, más $0,25 por envío e impuesto de ventas, si corresponde*. Este es el precio total, y es un ahorro de casi el 20% sobre el precio de portada. !Una oferta excelente! Entiendo que el hecho de aceptar estos libros y el regalo no me obliga en forma alguna a la compra de libros adicionales. Y también que puedo devolver cualquier envío y cancelar en cualquier momento. Aún si decido no comprar ningún otro libro de Harlequin, los 2 libros gratis y el regalo sorpresa son míos para siempre.

416 LBN DU7N

| Nombre y apellido | (Por favor, letra de molde) | |
| --- | --- | --- |
| Dirección | Apartamento No. | |
| Ciudad | Estado | Zona postal |

Esta oferta se limita a un pedido por hogar y no está disponible para los subscriptores actuales de Deseo® y Bianca®.

*Los términos y precios quedan sujetos a cambios sin aviso previo. Impuestos de ventas aplican en N.Y.

SPN-03 ©2003 Harlequin Enterprises Limited

# PELIGROSO CHANTAJE

## DANI WADE

Aiden Blackstone se había labrado su propio éxito evitando dos cosas: el regreso a su pueblo natal y el matrimonio, hasta que las maquinaciones de un abuelo controlador y autoritario lo obligaron a hacer esas dos cosas en contra de su voluntad. Pronto descubrió que Christina Reece no era una simple novia de conveniencia. Ella deseaba prolongar su unión más allá del año acordado, y la única manera de conseguirlo era que su  marido le abriese su corazón y se olvidara de los demonios del pasado.

*Una grave amenaza podía destruirlo todo,*
*incluida su pasión*

# Bianca.

## Se dejaron llevar por la pasión en Turquía

Lily no podía creer la suerte que había tenido de conocer a Rauf Kasabian en el sofisticado bar londinense en el que trabajaba, y de que ese encantador magnate turco quisiera seducirla. Pero entonces Rauf la vio salir de un hotel con otro hombre y, muerto de celos, regresó a Turquía y prometió no volver a verla. Dos años después, volvieron a encontrarse y sintieron tanta pasión como la primera vez. Aunque él seguía sin confiar totalmente en esa bellísima mujer, sabía que debía convertirla en su esposa...

Échale la culpa al amor

Lynne Graham